KB067870

그 여름 노랑나비

그 여름
노랑나비

한정기 장편소설

특별한서재

차례 |

27,010일, 648,240시간

김선예는 우리 할머니다. 올해 아흔 살. 마흔세 살에 늦둥이로 막내딸인 우리 엄마를 낳았다고 한다. 우리 엄마는 이수연. 올해 마흔일곱 살이고 서른 살에 채상두 씨와 결혼해 서른한 살에 나를 낳았다. 엄마는 보험 회사에 다닌다. 나는 채고은. 열여섯 살. 올해 중3이 되었다.

한동안 온 세상을 휩쓴 코로나 바이러스 때문에 나는 입학식도 못 하고 중학생이 되었다. 중학생이 되었어도 1학년 땐 학교에 제대로 나갈 수도 없었다. 맞춰놓은 교복은 몇 번 입어보지도 못한 채 여름 교복을 사야 했고 2학년 올라와 입으려니 교복 윗도리 손목이 깡충 짧아져 있었다. 학교에 가도 마스크를 쓰고 생활해야 했고 친구들과 점심을 먹는 건 3학년이 되어서야 가능해졌다. 그러는 사이 마스크는 몸의 일부분이

된 것처럼 익숙해졌다.

사람은 자기 의지로 모든 걸 결정하는 것 같지만 곰곰 생각해 보면 그게 또 꼭 그렇지만은 않은 것 같다. 졸업식도 못 한채 초등학교를 졸업한 거라든지, 중학생이 되어 새로운 친구들과 학교에서 함께 공부도 하고 놀고 싶지만 주로 집에서 원격 수업을 들어야 했던 것들은 내 의지와는 전혀 상관없는 일이었다. 학교 생활만 이야기하는 건 아니다.

내 삶은 오늘부로 완전히 엉망이 될 것 같다. 아니, '될 것 같다'가 아니라 '되고 말았다.' 내 의지와는 전혀 상관없이 말이다. 어제 나는 내 방을 내놔야 했다. 서른두 평 아파트에 안방은 부모님, 볕이 잘 드는 중간 방은 오빠, 작은방은 나, 이렇게 네 식구가 살았다. 그런데 오늘부터 외할머니가 우리 집에서 살게 되었다. 오빠는 고3인 데다 남자라 외할머니와 지내기 불편하다고 나와 방을 바꿔 작은방을 혼자 쓰고, 나는 오빠방이었던 중간 방에서 외할머니와 함께 지내야 한다. 이건 순전히 부모님의 의지로 정해진 거다.

"안 돼요! 나도 이제 중3인데. 프라이빗한 공간이 필요한 나이란 말이에요!"

"이제 겨우 중3이 무슨 프라이빗? 계란 프라이 같은 소리 그만해! 할머니 오시면 네가 책임지고 챙겨드려야 해."

날벼락도 이런 날벼락이 없다. 내 의지는 애초부터 묵살이었다. 내 방을 뺏긴 것도 팔짝 뛸 일인데 엄마는 외할머니까지 챙겨드리란다! 이건 도무지 말도 안 되는, 기가 막힐 일 아닌가?

"맘대로 하세요. 난 집을 나가버릴 테니!"

보통 이 정도면 부모님도 한 발 물러설 법한데 우리 부모님은 정반대다.

"그러시든지. 일찌감치 독립해서 혼자 사는 것도 괜찮지. 그런데, 지구 최강 쫄보가 혼자 잘도 살겠다. 천둥만 쳐도 무서워서 베개 들고 엄마 침대로 뛰어들면서."

한 술 더 떠 엄마는 나를 놀려 먹기까지 한다. 그래도 아빠는 조금 나은 편이다.

"고은아, 외삼촌 회사가 망해서 길거리에 나앉을 처지잖아. 다 늙은 외숙모는 절에 공양주로, 외삼촌은 고시촌 쪽방으로 들어간다잖니. 할머니 때문에 엄마가 잠을 못 자고 괴로워하는데 내가 어찌 그냥 있겠니. 아내가 괴로워하면 남편이 나서야지. 너도 나중에 아빠 같은 남편 만나면 걱정할 일이 없을 테니 참고하렴. 그건 그렇고……. 할머니 오시면 고은이 네가 좀 보살펴 드려야겠다. 엄마와 아빠는 회사 나가야 하니 학교 마치면 곧장 집으로 와서 할머니 좀 돌봐드리렴. 주간보호센터 다니실 때까지만. 엄마가 센터 알아보고 있으니 곧 정해질 거야. 일주일 정도면 충분해. 그치, 여보? 어쩌면 그보다 더 빨라질 수도 있고. 부탁해, 착한 우리 딸!"

아빠 말은 항상 다 들어봐야 된다. 아빠는 외할머니와 한 방을 쓰는 것에 더 보태 외할머니 케어까지 슬쩍 나한테 맡겨 놓고는 '우리 착한 딸'이란 말로 눙친다. 아빠는 내 마음을 움 직이는 방법을 가장 잘 알고 있다. 내가 '우리 착한 딸'에 마음 이 말랑해지려는데 엄마가 또 내 속을 뒤집는다.

"걱정 마, 여보. 고은이가 할머니를 얼마나 좋아하는데. 말 은 저래도 오시면 지가 젤 좋아할걸?"

같은 말이라도 엄마는 꼭 내 속을 뒤집어놓는 말만 골라 한다.

"아기 때 할머니 안 좋아하는 아기가 어딨어? 나는 벌써 중3 이란 말이야!"

내가 빽 소릴 지르자 아빠가 또 달랜다.

"고은아, 엄마가 지금 속상해서 삐딱선인 거 너도 알잖아. 친정 오빠가 엄마도 못 모실 만큼 엉망이 되었으니 동생인 엄 마 속이 속이겠니? 의젓한 우리 고은이가 참아야지."

"몰라. 나 내일 학교 마치고 은비네 집에서 놀다 밤늦게 들 어올 거야."

씩씩대며 투덜거렸지만 엄마는 내가 내일 일찍 들어올 걸 알고 있다. 엄마 딸인데. 나를 낳고 16년 동안 키웠는데. 내가 무슨 생각을 하는지 손바닥 보듯 환할 텐데. 아니다. 손바닥처 럼은 아니겠다. 요즘 내가 엄마한테 슬슬 비밀이 생기고 있는 걸 엄마는 아직 모른다. 아무려면 나도 머잖아 고딩인데. 초딩 때처럼 미주알고주알 엄마한테 다 털어놓을 순 없지 않나? 나만 그런가? 다들 그러지 않나?

우리 외할머니 나이는 아흔 살. 열여섯 살 나랑 정확하게 74년 차이다.

74년=888개월=27,010일=648,240시간!

계산기를 두드려보니 이런 숫자가 나온다. 나는 상상도 할 수 없는 까마득한 시간이다. 그 세월의 강이 나와 외할머니 사이에 흐르고 있는데. 그냥 외할머니는 외할머니대로, 나는 나대로 모른 척 지내면 될까? 한 방에서 지내는데 그게 가능할까?

"아휴! 정말 짜증 나! 짱나 죽겠네! 돌아버리겠다!"

학교에서 단짝 은비에게 온갖 푸념을 늘어놓고도 모자라 집에 오는 내내 투덜대도 상황은 조금도 달라지지 않았다. 그걸 너무도 잘 알지만 짜증은 가라앉지 않았다.

'이게 무슨 날벼락 같은 일인지 모르겠다.'

짜증 내면서도 내 발은 저절로 집으로 가고 있다.

외할머니가 보고 싶은 마음이 전혀 없진 않았다. 나도 외할머니가 좋다. 하지만 내 방에서 같이 지내는 건 다른 이야기다. 외삼촌이 멀쩡히 잘 살았을 때, 가끔 외삼촌 집에서 외갓집 식구들이 모였을 때, 외할머니가 우리 집에 오셨을 때, 외할머니와 나는 케미가 정말 좋았다. 외할머니는 나를 정말 예뻐하신다. 나도 그때는 외할머니가 좋았다.

집으로 가는 길은 아파트 정문 쪽이 지름길이고 놀이터가 있는 뒷문 쪽으로 가면 조금 둘러 가게 된다. 마음 정리도 안되고 뒤숭숭해 오늘은 일부러 뒷문 쪽으로 둘러 갔다. 아파트 뒷문 쪽 놀이터 한구석엔 무성한 그늘을 드리운 등나무가 있다. 등나무 아래에는 너른 평상도 놓여 있다. 봄부터 가을까지 날씨 좋은 날에는 동네 할머니들이 모여 수다 떠는 곳이다. 뒷산 산책로로도 이어지는 길이라 나는 그곳을 가끔 지나는데 한 번씩 우스운 광경을 보게 된다. 할머니들 대여섯 분이 모여 재밌는 이야기를 나누시는 것 같은데 가만 보면 전부 자기 말을 하고 있다. 다른 사람 이야기는 듣지도 않고 말이다. 할머니들이 어찌나 수다스러운지, 꼭 우리 교실 쉬는 시간 모습을 보는 것 같다.

자기 말만 하는 수다스러운 할머니들과는 다르게 우리 외할머니는 다른 사람의 이야기를 조용하게 잘 듣는 분이었다. 나는 외할머니가 이야기를 잘 못해서 듣기만 하는 줄 알았다. 그런데 어쩌다 내가 외할머니 어릴 때 이야기를 해달랬더니 이야기가 끝도 없이 이어지는 게 아닌가! 외할머니는 다른 사람의 이야기를 잘 듣기도 하지만 당신 이야기도 아주 잘 하는 분이었다.

그 외할머니가 지금은 오갈 데 없는 신세가 되어 우리 집으로 오신 거다. 외할머니의 사정이 안타깝고 나도 외할머니가 좋긴 하지만 같이 한 방에서 하루 이틀도 아니고 앞으로 계속 같이 살아야 한다는 건 다른 이야기다. 처음부터 같이 살았던 것도 아니고. 이건 정말 단단한 각오가 필요한 일 아닌가?

'어? 벌써 우리 동 입구잖아!'

내 머리가 골똘히 생각에 잠겨 있는 사이 내 발은 저절로 집으로 나를 데려다 놓았다. 나는 외할머니와 어떻게 지낼지 마음의 준비도 제대로 하지 못한 채 집으로 들어갔다.

"오! 우리 딸 어서 와."

아빠가 조금 호들갑스럽게 나를 맞이해 주셨다. 엄마는 부엌 개수대에서 무얼 씻고 있다. 내가 와도 돌아보지도 않는다. 엄마의 축 처진 어깨가 슬퍼 보여 모른 척하고 아빠에게 물었다.

"할머니는?"

"방에서 주무셔. 새벽부터 준비하고 오느라 고단하셨을 거야."

고개를 끄덕이며 내 방문을 살그머니 열었다. 침대 아래 방바닥에 이불을 깔고 외할머니가 주무시고 있었다. 회사에 하루 휴가를 낸 엄마 아빠가 외할머니와 짐을 챙겨와 정리를 끝내놓으셨다. 짐이라고 해봐야 붙박이장 한쪽에 걸린 옷 몇 가지와 안경, 틀니뿐이었다. 작은 여행 가방 하나에 충분히 들어갈 짐이다. 사람에게 필요한 물건은 나이에 반비례하는 모양이다. 이제 열여섯 살 내 물건은 방 하나에 가득인데 아흔 살 할머니는 겨우 작은 여행 가방 하나라니!

예상대로 내 방에 다른 누군가가 있다는 게 어색하고 불편하다. 외할머니지만 불편한 건 불편한 거다. 맘 상해 있는 엄마를 보니 더 짜증 내면 안 될 것 같고. 나는 잠든 외할머니를 물끄러미 내려다보다 책상에 앉았다.

요 근래 내 머리를 괴롭히는 과제. 요즘 시사 사건 중 한 가지를 골라 보고서를 작성하라는 사회 과제다. 1학기 성적에 자그마치 50퍼센트 반영한단다. 수업 태도 30퍼센트, 시험 성적 20퍼센트. 시험 성적보다 더 비율이 높다. 무얼 할 건지만 정하면 반은 된 거나 마찬가진데 그걸 정하는 게 정말 어렵다. 마음이 심란해 그런지 생각만큼 좋은 아이디어가 떠오르지 않는다.

저녁때가 되자 엄마는 외할머니를 깨웠다. 외할머니는 잠에서 덜 깬 아기처럼 순순히 엄마를 따라 거실로 나갔다. 나도 따라 나갔다.

"어머니, 얘가 누군지 아시겠어요?"

아빠가 외할머니 귀에 대고 큰 소리로 말했다.

"고은이. 귀 아프게 소리는 왜 질러? 소리 지르지 않아도 잘 들려."

외할머니는 조용한 목소리로 말하며 나를 보고 아기처럼 방긋 웃었다. 그 웃음은 나에게 '고은아 안녕?'이란 인사말 같았다. 예전 같았으면 활짝 웃었을 텐데 지금은 그럴 마음이 아니다. 나는 그냥 어색한 웃음을 지으며 고개만 까딱했다. 엄마가 가자미눈을 하고 나를 흘겨보는 것도 모른 척 외면했다.

저녁을 어떻게 먹었는지 모르겠다. 반찬이 무엇이었는지, 맛은 어땠는지 아무것도 기억나지 않는다. 그냥 멍한 상태로 저녁을 먹고 거실에서 텔레비전을 보는 외할머니를 뒤로하고 나는 내 방으로(아니다. 할머니와 나, 우리 방이지) 들어왔다. 과제를 하느라 머리를 쥐어짜느라 외할머니가 들어오는 것도 몰랐다.

"여기가 어딘고? 내가 왜 여기 있지?"

외할머니가 혼잣말처럼 중얼거렸다. 깜짝 놀라 돌아보니 외할머니가 자리에 눕고 있었다. 나는 얼른 외할머니를 부축해 자리에 뉘어 드렸다.

'내 몸이지만 내 의지와 상관없이 자동으로 움직이기도 하는구나!'

혼자 놀라고 있는데 할머니가 말했다.

"고맙소."

'나한테 존댓말을?'

이번엔 놀란 가슴이 철렁했다.

"할머니, 저 아시겠어요? 기억나세요?"

외할머니는 고개를 끄덕이다 말간 눈빛으로 물었다.

"너는 누구세요?"

"할머니. 저, 고은이잖아요. 채고은. 외손녀, 채고은!"

"채고은? 고운 이름이네요. 내 이름은 김선예라오."

외할머니는 자기 이름을 대고는 아기처럼 스르르 잠에 빠져들었다.

"하아!"

저절로 한숨이 나왔다. 걱정했던 대로 앞날이 순탄치 않을 것 같은 예감. 그런 예감은 잘 맞아떨어지니 더 암담했다. 외할머니를 모시고 온 엄마는 마음이 좀 진정된 것 같았다. 아빠는 그런 엄마를 보며 다행스러워하고. 오빠는 고3이라 아직 집에도 안 들어온 데다 잠자는 방만 바뀌었을 뿐, 처음부터 자기와는 상관없는 일처럼 굴고. 외할머니의 등장 첫날, 우리 가족들 표정이다.

다음 날부터 요양보호사가 외할머니를 보살펴 주러 왔다. 나는 학교 마치면 바로 집으로 와야 했다. 요양보호사가 돌아가면 부모님이 올 때까지 외할머니를 보살피는 건 내 책임이었다. 말이 보살피는 거지 그냥 외할머니 혼자 계시게 할 수 없으니 누군가 함께 있는 거다.

'이럴 줄 알았으면 나도 다른 아이들처럼 학원이나 다녀야 했나?'

나는 학원까지 다니며 공부하는 건 질색이었다. 배우는 건 학교에서. 집에서는 내가 알아서 공부해도 충분했다. 학원까지 다니며 공부하는 대신 읽고 싶은 책을 읽고 영화를 보고 무언가 쓰는 게 훨씬 좋다. 명문대 들어가고, 대기업에 취직해 월급날 기다리며 사는 건 안정적인 삶일지는 몰라도 내 취향은 아니다. 나는 24시간을 내 의지대로 사용하며 사는 일을 하고 싶다. 내가 즐겁게 할 수 있는 일을 하며 살 거다. 그게 뭔지 아직 모르지만 공부만 하는 건 아니란 생각은 분명하다. 부모님은 학원비를 저축했다가 나중에 내가 자립할 자금으로 주신다니 이거야말로 일석이조 아닌가. 그런 걸 보면 나는 지극히 현실적이고 실리적인 사람이다.

외할머니는 예쁜 아기였다. 말간 얼굴로 나만 보면 "우리 예쁜 고은이." 하며 웃었다. 아기들 웃음처럼 사람을 무장 해제시키는 웃음. 누구라도 따라 웃지 않을 수 없는 웃음이었다. 그런데 아기가 된 외할머니는 행동도 아기처럼 예측 불허였다. 사람은 늙으면서 생각도 흐려지고 행동도 흐트러진다고 하던데 우리 외할머니는 그런 일반화의 범주에서 살짝 비켜나 있기도 하다가 어떤 날은 우리 외할머니를 두고 한 말처럼 딱 맞아 떨어지기도 했다.

노인들을 규정한 일반화의 범주에서 벗어난 외할머니는 나만 보면 소녀처럼 재미나게 이야기를 해주었다. 마치 자신이 옛날 내 또래의 그 시절로 돌아간 것처럼 말이다. 아프고 힘든 시절을 건너온 외할머니 이야기. 나이 들면 방금 겪은 일은 잘 잊어버려도 옛날 젊을 때 일은 방금 겪은 일처럼 기억한다더니! 우리 외할머니가 그랬다.

나는 외할머니와 함께 74년 전의 강을 거슬러 올라갔다. 날짜로 세면 27,010일, 시간으로 계산하면 648,240시간. 나는 짐작도 할 수 없는 까마득한 시간인데 너무도 생생한 외할머니의 이야기 속 그때로!

김선예

천 위에 핀 꽃과 나비

더듬이가 완성된 노랑나비는 빨간 백일홍 위에서 막 날아오르고 있었지. 실핏줄처럼 가늘게 퍼진 날개 맥, 날개 가장자리에 띠처럼 두른 옅은 갈색 선, 날개 한가운데 눈처럼 보이는 무늬까지. 완벽했어. 나는 수실 매듭을 짓고는 만족스러운 웃음을 지었어.

"나비가 어쩜 이리 생생하니? 금방이라도 마당으로 폴폴 날아가겠다."

곁에서 같이 수를 놓던 화자가 방금 완성한 노랑나비 수를 손끝으로 쓰다듬으며 부러운 목소리로 말했어.

"아이고, 나는 그만해야겠다. 암만 해도 선예 발뒤꿈치도 못 따라가는 거. 재미없다!"

순덕이는 아예 수틀을 집어던지고는 뒤로 벌렁 누워버렸

고. 이때다 싶었는지 화자가 수틀을 놓고 일어나더니 부엌으로 들어가 조그만 대바구니를 들고 왔어.

화자 손에 들린 바구니를 본 순덕이가 벌떡 일어나며 물었어.

"그게 뭐니?"

"호호호, 뭘까?"

화자가 배시시 웃으며 삼베 보자기를 벗겼어. 바구니 안에는 찐 감자네 알이 하얀 분을 입고 얌전히 담겨 있었단다.

"어제 캔 감자다. 아침에 밥솥에 안쳐 찐 거, 울 어무이 몰래 몇 개 숨겨놨다 아니가. 너희들 맛이나 보라고."

화자는 그렇게 다정한 친구였단다. 봄철 내내 들밥 해내고 농사일 뒤치다꺼리하느라 손에 물 마를 새 없던 우리들이었어. 모내기가 끝나고 잠깐 짬이 생겨 화자네 대청에 모여 수를 놓고 있었지. 밤마다 세 집에 번갈아가며 모여 등잔불 아래서 수를 놓긴 했지만 이렇게 환한 대낮에 모여 수놓는 건 자주 있는 일이 아니었거든.

나, 화자, 순덕이는 그때 열일곱 살이었지. 딱 고은이 너만 했을 나이였구나. 우리 셋은 한동네 살며 나이도 같아 어릴 적부터 함께 뒹굴며 자란 소꿉친구들이었단다. 딸은 공부보다 살림이나 배워 시집가면 그만이라는 시절이었지. 화자와 나는 가까스로 국민학교(초등학교)라도 졸업했지만 순덕이는 국민학교조차 다 마치지 못했단다. 중학교 진학하는 여자아이가 동네에 한 명도 있기 어려운 때였지.

모질고 독했던 일본이 물러가고 나라는 아직 어수선했지만 우리들은 시절과 상관없이 몸매에 부드러운 곡선이 생겨 제법 처녀티가 나고 있었단다. 우리 고은이처럼 말이다.

"너희는 부자면서 밥에 감자 안쳐 양식 늘여 먹니?"

순덕이는 입을 삐죽이면서 제일 굵은 감자를 골라 들고 베어 물었어.

"지난가을에 화자네 작은오빠 장가보내고 살림까지 내어줬는데! 암만 부자라도 허리가 안 휘겠나. 너는 화자 엄마가 농사지은 감자 먹는 입으로 그리 말하면 안 되지."

나는 순덕이를 향해 살짝 눈을 치뜨며 말했어. 우리 집도 작년 봄에 큰오빠 결혼 잔치를 치른 터라 그 사정을 누구보다 잘 알았거든. 순덕이는 내가 그러거나 말거나 볼이 미어터지게 감자를 씹어 삼키며 오동통한 손으로 두 번째 감자를 집어 들었어.

순덕이는 거무튀튀한 살결에 키도 셋 중에 제일 작았어. 툭튀어나온 이마와 불거진 입술이 심통스러워 보였는데 하는 말이나 행동도 늘 그런 식이었지.

"너는 이걸로 횟댓보 만들 거니?"

응? 횟댓보가 뭐냐고?

옛날엔 벽에다 기다란 작대기를 걸어놓고 옷을 걸쳐놨는데 그 대를 횃대라고 해. 옷을 이리저리 걸쳐놓으면 지저분해 보이니까 그걸 커다란 천으로 덮었는데 그 천을 횃댓보라고 한단다. 여자들은 무명천에다 곱게 수를 놔서 횃댓보로 썼는데 처녀들은 혼수품으로 한껏 솜씨를 부린 수를 놔서 자랑하기도 했단다.

화자가 내가 놓은 수를 들여다보며 묻는 거야.

"그럴까 싶은데 아직 잘 모르겠어."

나는 동그란 수틀을 벗겨내며 흰 광목천을 펼쳤어. 수틀에서 벗어난 천에 꽃과 나비가 어우러진 아름다운 세상이 펼쳐졌지. 노란 민들레, 보라색 달개비, 빨간 백일홍과 맨드라미, 연분홍 채송화와 봉선화까지. 계절과 상관없는 온갖 꽃들이 활짝 피어 저마다 아름다움을 뽐내고 있었어. 붉은 꽃은 붉은 꽃대로 노란 꽃은 노란 꽃대로 고왔지만 함께 어우러짐으로써 서로를 더 돋보이게 해주었지. 그 위로 노란 나비들이 폴폴 날아오르거나 꽃잎 위에 나붓이 앉아 꿀을 빨고 있었고. 꽃수 자체만으로도 아름다웠지만 나비가 있어 꽃은 더 아름다웠고 꽃이 있어 나비도 한층 생동감 넘쳤단다. 꽃과 나비는 함께 어우러져 전체적인 완성을 이루었어.

"너는 수를 어쩜 이리 곱게 놓니! 나비가 금방이라도 폴폴 날아 나올 것 같다. 정말 손이 보배다. 보배!"

화자가 다시금 감탄스런 눈길로 나를 바라봤단다.

"치, 수 잘 놓는 게 뭔 대수라고? 우리 엄마가 그러는데 여자는 뭐니 뭐니 해도 시집가서 아들딸 잘 낳고 남편 비위 잘 맞추면 그만이라 하더라."

순덕이가 불거진 입을 비죽거리며 쩝쩝거렸어. 본시 순덕이는 염치라곤 없는 아이였어. 화자랑 나는 함께 커오며 늘 봐온 터라 그러려니 하고 받아줬단다. 감자 두 개를 게 눈 감추듯 먹어 치운 순덕이가 입맛을 다시며 물었어.

"너희들, 노랑나비 전설 아니?"

염치가 없는 대신 순덕이는 재미난 이야기를 잘했어. 화자와 내가 마주 보며 생긋 웃다가 순덕이 쪽으로 몸을 돌렸단다.

"무슨 얘긴데? 노랑나비 이야기?"

화자가 구미가 당긴다는 목소리로 물었어.

"순덕이 너는 수 못 놔도 돼. 이야기를 너보다 재밌게 하는 사람 나는 아직 못 봤다."

나는 순덕이가 지닌 재능을 짚어 추켜주는 말로 재촉했지. 순덕이는 어깨를 으쓱거리며 이야기를 시작했어.

"저어기, 황해도에 신천군 만궁리라는 동네가 있는데 그 동네 뒷산에는 황장군 무덤이 있단다. 황장군이 누군가 하면 병자호란 때 의병을 이끌었던 장군이래. 황장군이 의병들하고 청군과 맞서 용감히 싸우다 그만 죽었대. 사람들이 전부 모여서 황장군의 죽음을 슬퍼하는데 노랑나비 한 마리가 날아와 황장군 몸에 앉아 같이 슬퍼하더래. 그래서 사람들이 노랑나비도 황장군하고 같이 묻어줬다지. 그 뒤로 사람들은 황장군 무덤을 '황나비무덤'이라고 불렀다고 해."

"옛날부터 나비는 죽은 사람 혼이라 하더니!"

화자가 눈을 동그랗게 뜨며 말했어.

"그 노랑나비가 황장군 혼이었나 보다!"

나도 맞장구를 쳤지. 순덕이는 고개를 끄덕이며 자기가 한 이야기에 빠져든 우릴 보고 우쭐거렸고.

나는 셋 중에 키가 제일 컸단다. 키는 훤칠했지만 보기와는 달리 셋 중 손끝이 제일 야무졌지. 화자는 나와 순덕이를 합쳐서 나눈 상이랄까? 몸피도 적당했고 오목조목한 이목구비가 복스러운 상이라 동네 사내아이들에게 가장 인기가 좋았단다. 화자는 벌써 같은 나이의 이웃 동네 용칠이와 연애를 하고 있었어.

"나는 수실이 모자라 작은 올케한테 빌렸잖아. 오늘 방물장수 아주머니 오신다고 했는데. 엄마 오기 전에 와야 할 텐데……."

화자가 대문 쪽으로 눈길을 돌리며 조바심쳤어. 봄 내내 농사 뒷바라지하느라 허리 한 번 제대로 펴지 못한 화자는 엄마 몰래 타작한 겉보리 한 말을 꿍쳐다 광 깊숙이 숨겨놓고는 방물장수 아주머니가 오길 목 빠지게 기다리고 있었거든. 돈이 귀한 시골에서 여자아이들이 흔히 돈을 마련하는 방법이었지. 그렇게 꿍쳐둔 곡물로 방물장수가 오면 수실도 바꾸고 동동구리무도 사서 얼굴에 찍어 바르곤 했지.

"오늘 방물장수 아주머니 오시나? 나도 미역 말려놓은 게 조금 있는데. 오면 색실이랑 바꿔야겠다."

내가 반가운 목소리로 말하자 순덕이가 또 빈정거리는 어투로 심통을 부렸어.

"너는 키가 커서 미역도 잘 줍고 조오켓따!"

나는 가볍게 웃어넘기며 말했어.

"분홍 수실이 모자라서 맘대로 수를 못 놨는데 두어 개만 사면 돼."

화자처럼 부모 몰래 곡식 빼돌릴 간이 못 되는 나는 큰 파도가 치고 나면 바닷가에 나가 미역을 건져 올려 돈을 마련했단다. 태풍이 불거나 센바람이 불면 바다는 사나운 이빨을 드러내고 으르릉거렸어. 그때마다 파도에 떨어진 미역이 뭍으로 밀려나왔지. 아기를 낳은 산모들이 반드시 먹는 미역국 재료인 미역도 옛날에는 귀해서 비싼 값에 팔렸거든. 거센 바람이 분 뒤 아직 파도가 가라앉지 않은 바다에는 나처럼 미역을 건지러 나온 사람들로 바글거렸단다. 철썩이는 파도 속에서 중심을 잡고 서 있기란 결코 쉬운 일이 아니었지. 거기다 흰 포말 속에서 일렁이는 미역을 남 먼저 발견하는 건 더 어려운 일이었어. 키가 큰 나는 남보다 먼저 미역을 잘 발견했단다. 끝에 갈고리가 달린 기다란 장대로 파도 속에서 일렁이는 미역을 감아 척척 건져 올리곤 했지.

파도를 헤쳐가며 건진 미역은 미역 너는 발에 오리를 지어 잘 말렸단다. 그렇게 말려놓은 미역은 할머니가 단을 만들어 시오리 길 청하 장에 이고 가 팔아주곤 하셨지. 나는 한 번씩 할머니를 따라 장에 가서 숙고사 같은 비단 천을 사와 분홍 저고리와 검정 치마를 만들어 입었단다. 우리 집은 그럭저럭 밥술이라도 먹고 살던 살림이라 부모님은 내가 미역 팔아 마련한 돈은 일절 관여하지 않으셨지.

"감자 맛이 들었네."

나는 감자 한 알을 달게 먹고 환하게 웃으며 화자를 바라봤어.

일본의 악독한 수탈을 견디고 살아남은 뒤라 부자라고 해도 아직 세끼 밥을 배불리 먹는 집이 몇 안 되던 시절이었어. 세상에서 가장 넘기 어려운 보릿고개가 버티고 있었지만 셋이 모일 때마다 모이는 집의 주인이 뭐든 군입거리를 내오곤 했어. 화자 엄마는 동네에서도 알뜰하기로 소문난 사람이었어. 화자는 그런 엄마 눈치를 봐가며 귀한 감자를 내온 것이었단다.

"뻐꾹! 뻐꾹!"

아까시 꽃 흩날리는 뒷산에서 여름을 알리는 뻐꾸기가 첫 울음을 울었어. 연초록 물감을 풀어놓은 것 같던 산천은 차츰 녹색을 향해 달려가고 있었지. 그 숲 어딘가에서 뻐꾸기가 첫 울음으로 존재를 알린 거야.

"아! 뻐꾸기다!"

"이제 여름인가 보다."

"저 소리 들으면 맘이 애련해!"

과년한 처녀 셋은 그만 마음이 풀어져 수틀이고 뭐고 다 던 져놓고 아련한 눈길로 하늘을 쳐다보고 있었지.

"누나야! 누나야!"

다급한 소리에 우리는 화들짝 놀라 매무새를 고쳐 앉았어. 내 바로 아래 동생 일수였어.

"여기서 뭐 하냐! 지금 전쟁 터졌다고 난린데."

일수가 마당으로 뛰어들며 소리쳤어.

"그게 무슨 소리니?"

"전쟁?"

"너 방금 뭐라 했니?"

전쟁이란 말에 다들 놀라 어리둥절하는데 들에 나갔던 화 자네 부모님이 들어오셨어.

"얘들아, 얼른 집에 가거라."

화자 아버지가 말하는데 목소리가 떨리고 있었어.

"아저씨, 전쟁이라니, 그게 무슨 말이에요?"

"북한에 김일성이 군대가 삼팔선을 넘어온단다. 어른들 찾으신다. 얼른 집에 가거라."

순덕이와 나는 수놓던 걸 수습해 집으로 달렸어. 키 작은 순덕이는 구르듯 달려가는데 키 큰 나는 자꾸만 허방다리를 짚는 것처럼 휘청거리는 거야.

'빨갱이니 뭐니 하면서 서로 미워하고 잡아가 죽이고 하더니 기어이 전쟁까지……!'

작년 봄 삼촌의 죽음과 여름 즈음 송라 지서에서 만식이와 끝돌이 오빠한테 두들겨 맞던 큰오빠 모습이 자꾸 떠올라 나는 부르르 몸을 떨었어.

타고난 이야기꾼

세상일은 내 의지와 상관없이 돌아간다는 건 진즉 깨달았지만, 가끔은 엉뚱하게도 내게 유리하게 돌아가기도 하는 모양이다. 물론 이것도 내 의지와는 전혀 상관없이 된 거다. 외할머니와 지내는 생활이 내게 유리한 일이냐고? 글쎄, 아직 확실하게 단정 짓진 못하겠지만 어쩌면 그렇게 될 것 같다.

우리 외할머니는 다른 할머니들과는 좀 다르다. 섣불리 내 일에 참견하지도 않고, 내가 원하지 않으면 있는 듯 없는 듯 조용하게 계신다. 그런데 내가 무얼 물어보거나 이야기를 해 달라면 조곤조곤 말을 아주 잘하신다. 요즘 우리들은 말도 짧게 하고 글도 짧게 쓴다. SNS상에서도 문법에 맞는 글을 쓰면 아무도 안 읽는다. 친구와 대화도 모두 약자나 이모티콘으로 한다. 우리끼리는 잘 통하지만 나이 든 사람들은 쉽게 알 수 없는 말이 대부분이다.

끝도 없이 생겨나는 신조어들. 나도 잘 모르는 단어들이 수없이 생겨났다가 이내 사라지곤 한다. 조금만 긴장이 풀려도 친구들의 대화에 끼지도 못한다. 그런데 자기가 하고 싶은 말을 상대방이 정확하게 알아들을 수 있게 하는 친구는 거의 없는 것 같다. 심지어 욕을 빼면 말을 못 하는 아이들도 있다.

우리 외할머니가 하시는 말은 내 머리에 속속 들어온다. 외할머니가 어렸을 때는 텔레비전이나 스마트폰도 없었다는데. 그리고 보면 많이 보고 많이 안다고 말을 잘하는 건 아닌 모양이다. 오히려 적게 보고 들어오는 정보도 적었기 때문에 말을 더 잘할 수 있었던 게 아닐까? 순전히 내 생각이지만 말이다.

어디 그뿐인가? 외할머니는 말을 정말 재밌게 하신다. 입말이 생생하게 살아 있어 외할머니의 이야기만 듣고도 상황이 머릿속에 환하게 그려지곤 한다. 느낌이 생생해 오소소 소름이 돋기도 한다. 어쩔 땐 이야기에 푹 빠져 내가 외할머니가 된 것같을 때도 있다. 우리 외할머니는 타고난 이야기꾼이었다.

'어쩌면 나를 위해 우리 집에 오신 건 아닐까?'

외할머니의 이야기를 들으며 그런 생각이 조금씩 들기 시작했다. 고민하고 있던 과제를 풀어나가는 데 외할머니의 이야기가 아주 중요한 문제를 짚어주는 것 같다는 느낌말이다. 물론 섣부른 생각일 수도 있지만.

상현 삼촌과 광수 오빠

해방이 되고 나라는 더 흉흉해졌어. 사람들은 좌익과 우익으로 갈려 서로 미워하며 증오했어. 좌익이 뭔지 우익이 뭔지 나는 알지도 못했고 관심도 없었단다. 악랄했던 일제 치하에서도 동네 사람들은 만나면 서로 안부를 물었어. 일본의 갖은 수탈 속에서도 이웃과는 담 너머로 찐 감자나 옥수수가 담긴 작은 소쿠리가 오고 갔었고.

해방되고 처음, 사람들은 한마음 한뜻이 되어 만세를 불렀어. 이제 좋은 세상이 왔다고 서로 껴안고 울며 기뻐했지. 그런데 언제부턴가 점점 사람들 눈빛이 달라지기 시작했어. 빨갱이라는 말이 연기처럼 떠돌며 집집마다 스며들었지. 빨갱이라는 말은 모든 걸 덮을 수 있는 말이었어. 조상 제삿밥을 나눠 먹던 이웃이 언제부턴가 밀고자 되어 이웃을 고발했어.

자기보다 더 많이 배웠다고. 다른 사람보다 잘 산다고. 주린 배를 채울 수 있게 양식을 빌려준 사람에게 빌린 걸 갚지 않으려 빨갱이라는 이름을 갖다 붙였단다.

염치가 살아 있던 사람들은 파렴치한이 되었고 양심은 미움과 증오 앞에 설 자리를 잃어버렸지. 사람들은 환한 대낮에도, 캄캄한 밤중에도 지서로 끌려갔어. 끌려간 사람들은 쥐도 새도 모르게 사라졌고. 죽을 만큼 두들겨 맞고 풀려난 사람은 운이 좋은 경우였어.

상현 삼촌이 지서에 잡혀갔다는 말을 들었을 때만 해도 나는 믿기지가 않았어. 흉흉한 소문이 돌았지만 그건 남의 일이라 생각했거든. 삼촌은 집안의 자랑이었어. 아버지는 일찍부터 농사짓느라 공부를 제대로 못했지만 어릴 때부터 영민했던 삼촌은 할아버지의 배려로 일본으로 유학 가 대학 공부까지 마칠 수 있었단다. 일본에서 결혼까지 한 삼촌은 해방이 되자 처자식을 데리고 고향으로 돌아왔어. 같은 동네에 새 보금자리를 꾸린 삼촌은 온 집안의 기대를 한 몸에 받고 있었단다.

'그게 정말일까? 공부만 하는 삼촌을 뭐 하러 잡아갔을까?'

처음, 나는 믿기지가 않았어.

"애비야, 작은애가 왜 지서에 잡혀갔다니?"

할머니의 걱정에 아버지도 별일 아니라는 듯 대답했어.

"보도연맹에 든 사람들을 빨갱이라고 잡아다가 조사하는

모양입니다. 상현이는 그런 것하고 상관없으니 괜찮을 겁니다. 시국이 어수선하다 보니 무슨 착오가 있는 모양인데, 곧 풀려나올 겁니다."

"상현이 도련님 정말 괜찮을까요?"

아버지의 대답이 너무 수월하자 엄마까지 나서 걱정을 보탰어.

"잘못한 게 없는데 별일이야 있을라고. 일본까지 가서 공부하고 왔는데 그만 앞가림도 못 할까. 상현이는 우리하고 다르다. 전후 사정 따져가며 말도 잘할 건데. 크게 걱정 안 해도 될 거다."

아버지는 엄마의 걱정도 가볍게 눌렀어.

"그래도…… 그 아가 여태 공부만 한 사람인데, 말만 잘한다고 무탈하게 나올까? 애비야, 내일이라도 네가 좀 가보거라."

자식 낳은 어미의 감이었을까? 온 식구들이 긴가민가하고 있을 때 할머니 혼자 애를 태웠어.

할머니의 걱정처럼 삼촌은 지서를 제 발로 걸어 나오지 못했어. 잡혀간 지 사흘 뒤, 아버지와 광수 오빠가 수레를 끌고 가 삼촌을 실어 왔어. 집에 돌아온 삼촌의 몸은 뼈가 성한 곳 하나 없이…… 세상에 사람 몸이 곤죽이 되어 있는 거야.

"아이고, 내 새끼! 내 새끼! 애야, 눈 좀 떠봐라, 으이?"

할머니는 삼촌을 붙잡고 흔들다 당신 가슴을 쥐어뜯으며

마당을 굴렀어. 그러다 입에 거품을 물고 까무러쳤단다.

"할머니! 할머니!"

"어무이요! 아이고, 이러다가 줄초상 나겠다. 선예야, 찬물! 찬물 좀 떠오너라."

할머니를 부여안은 엄마까지 사색이 돼 어쩔 줄 몰랐어.

"상현아! 상현아! 네가 왜 이리 됐노! 누가 내 동생을 이리 만들었어? 으허! 으헝엉엉!"

삼촌을 끌어안고 아버지는 쉰 목소리로 짐승처럼 울부짖었단다.

온 집안의 기대를 한 몸에 받던 삼촌은 얼마 못 가 죽고 말았어. 어디에 하소연할 수조차 없는 죽음이었지. 사람을 어떻게 두들겨 패면 삼촌처럼 되는지 나는 상상도 할 수 없었어. 사람 목숨이 그렇게 허망하게 스러질 수도 있다는 걸 나는 그때 알았어. 젊은 숙모는 하루아침에 과부가 되었고 어린 자식은 아비 없는 자식이 되고 말았지. 숙모는 아이들을 데리고 친정이 있는 일본으로 건너가 버렸어. 할머니는 웃는 걸 잊어버린 사람이 되고 말았고.

삼촌의 죽음은 삼촌 혼자만의 일로 끝나지 않았어. 얼마 지나지 않아 광수 오빠가 지서로 끌려간 것이었어.

"삼촌이 빨갱이니, 조카도 빨갱이 물이 들었을지 모른다!"

"끌고 가서 조사해 보면 나오겠지. 빨갱인지, 아닌지."

갓 결혼한 새신랑이었던 광수 오빠를 끌고 간 사람은 같은 동네 이팽이 아저씨와 이웃 동네 청년들이었어.

"이팽이! 이, 이놈의 새끼를 내가 죽여버릴 거다."

아버지가 이를 갈며 낫을 들고 튀어나가려는 거야.

"아이고, 안 된다! 안 된다!"

"선예 아버지, 이러면 안 됩니다. 안 됩니다! 지금 세상이 어떤 세상이라고! 진정하세요! 진정!"

엄마와 할머니가 아버지의 다리를 한쪽씩 붙잡고 늘어졌지. 나는 파랗게 질려 떨고 있는 새언니 팔을 힘줘 잡았단다.

"야야, 네까지 죽으면 나는 못 산다. 제발 내 말 좀 들어봐라."

삼촌이 죽은 뒤 자리에서 일어나지 못하던 할머니가 아버지를 말렸어.

"지금은 이팽이 같은 놈들이 판치는 세상이다. 조상 묘를 파헤친 것도 아니고, 그놈이 우리하고 무슨 철천지원수가 졌다고 이러는고? 갈아 마셔도 시원찮을 놈이지만 이럴 때일수록 맞서는 것보다 다른 방법을 생각해야지! 다른 방법!"

지푸라기처럼 마르고 가벼운 할머니였어. 그 지푸라기 같은 몸에서 나온 말은 황소보다 힘이 세었어. 낫을 들고 있던 아버지 손에 비로소 힘이 풀리는 거야. 낫을 내려놓은 아버지 눈동자가 빠르게 움직였어.

"그래! 파, 판수! 판수다!"

아버지는 홀린 듯 중얼거리다 불에 덴 것처럼 뛰쳐나갔어. 판수는 아버지 오랜 친구였거든.

"그래. 판수네 사촌 형인가? 전에 지서장 한 사람이 있었니라!"

할머니도 그제야 생각난 듯 고개를 주억거렸지. 아버지는 무력 대신 영향력 있는 사람을 생각해낸 것이었어. 할머니와 엄마 눈에 실낱같은 희망이 감돌기 시작했어. 그러나 판수 아저씨는 아버지 부탁을 거절한 모양이었어. 혹시라도 자기들 한테까지 불똥이 튈까 안절부절못하며 아버지를 밀쳐내더래.

"아이고, 아무리 세상이 험하기로 그 새끼가 그럴 줄 몰랐네. 아이고, 내가 그런 놈을 친구라고! 휴우!"

아버지는 땅이 꺼져라 한숨을 내쉬었어. 오빠를 빼내려고 아버지는 발이 닳도록 뛰어다녔단다.

이팽이가 누구냐고?

이팽이는 동네 허드렛일을 해주며 근근이 밥술이나 얻어먹으며 살던 사람이었어. 그는 가족도 없이 혼자 살았지. 언제부터인지 콩밭에 잡초처럼 슬그머니 마을에 뿌리내린 사람이었단다.

"부모가 백정이라 카든데."

"아니라더라. 충청도 어디선가 머슴살이하다가 처자식이

역병에 죽었다던데? 저 혼자 떠돌이가 돼서 집도 절도 없이 흘러 다니다 우리 동네까지 온 거래."

"죄짓고 도망 다니는 놈이라더라. 나는 그놈 눈만 보면 쥐구멍에 쥐새끼 눈깔처럼 반들반들 살피는 게 소름 끼치더라."

이팽이를 두고 마을에 소문이 무성했지만 시간이 지나며 소문도 차츰 잠잠해졌지. 본시 소문이란 게 그런 거니까. 마을 사람들은 어느 순간부터 이팽이를 마을의 일원으로 자연스럽게 받아들였어. 그때까지 이팽이는 전혀 존재감을 드러내지 않고 살았단다. 그저 누구네 집에 손이 아쉬울 때면 기다렸다는 듯 달려가 힘을 보태고, 궂은일도 군말 없이 척척 해치우며 조금씩 자신의 자리를 다졌어.

"이팽아, 우리 집에 이엉 얹으러 오라더라."

"이팽아, 울 엄마가 장작 좀 패라더라."

동네 아이들은 아무렇지도 않게 반말을 했어. 나는 동네 조무래기들조차 그를 함부로 대하는 걸 볼 때마다 마음이 영 불편했어.

'아무리 그래도 다 큰 어른인데.'

그가 가족도 없이 혼자 살지만 불쌍한 사람이라곤 생각하지 않았어. 그렇지만 사람이 사람에게 함부로 하는 건 아니라 싶더만. 이팽이와 마주치면 나는 언제나 먼저 인사를 했단다. 모내기철이나 추수 때 집에 일해주러 오면 보리밥이나마 고

봉으로 수북 담고 구운 꽁치도 제일 큰 걸로 상에 올려주곤 했
어. 이팽이가 일한 몫으로 그만한 대우는 받아도 된다 생각했
거든.

언제부턴가 그 이팽이 목에 힘이 들어가기 시작했어. 해방
이 되고 세상이 뒤바뀌었다는 소문이 연기처럼 퍼졌고. 어른들
은 이팽이 말 한 마디에 사람들 목숨이 달려 있다고 했어. 삼촌
을 지서로 끌고 가 맞아 죽게 만든 사람도 이팽이라고 했어.

큰오빠가 지서로 끌려간 다음 날 우리 아버지가 나를 부르
시는 거야.

"선예야, 송라 지서에 니 오라비 밥 갖다줘라. 몸은 개안은
지 살펴보고."

아버지가 쉰 소리로 말했어. 아들을 빼내줄 영향력 있는 사
람을 백방으로 찾아다녀 봐도 별무소득이었고. 얼마나 애를
태웠는지 아버지는 목까지 쉬어 있었어. 아버지에겐 이제 갓
결혼한 며느리에게 지서 끌려간 아들 밥 심부름시키기보다 딸
이 편했겠지.

집에서 송라까지는 오 리 길이라. 발 빠른 나한테 오 리 길
은 일도 아니었단다. 보리밥과 찐 된장, 된장에 박아놓은 콩잎
장아찌가 기본 찬이었지만 엄마는 특별히 보리쌀 위에 얹은
입쌀만 골라 담은 고봉밥 안에 날달걀 하나를 묻어주었어. 거
기다 밥솥에 찐 간고등어 한 토막까지. 지서에서 고초 겪을 장

남을 생각한 엄마의 정성이었어. 밥 소쿠리를 이고 나는 뛰듯이 걸어갔단다.

지서 문 앞에서 숨을 고르며 머뭇거리는데 마당에서 누가 맞고 있는 소리가 들리는 거야. 선뜻 들어갈 수도 돌아갈 수도 없어 나는 그만 그 자리에 붙박인 듯 섰어. 가슴이 벌렁거리고 다리가 후들거렸지만 오빠가 먹을 밥을 이고 있어 돌아설 수도 없었어.

"빨갱이 삼촌한테서 무슨 지령을 받았는지 어서 말하라니까!"

오빠 또래 남자 둘이서 몽둥이를 들고 오빠를 위협하고 있었어. 놀랍게도 나도 아는 오빠들이었어. 만식이와 끝돌이 오빠! 광수 오빠와 같이 화진 모래 벌에 조개 잡으러 가면 내게 해당화를 꺾어주던 이웃 동네 오빠들이었어. 친구의 하나뿐인 누이라고 나를 참 예뻐하던 오빠들이었고, 광수 오빠가 빨갱이가 아니라는 걸 누구보다 잘 아는 친구들이었지.

'오빠 친구들이 어떻게…… 친구들이…… 저, 저럴 수가?'

그들이 들고 있는 몽둥이도 무서웠지만 사람이 어찌 저리 변할 수 있나 싶어 몸이 사시나무처럼 떨리는 거야.

"만식아, 끝돌아! 우리 삼촌이 나한테 무슨 말을 했다고! 너희가 나한테 왜 이러니?"

오빠는 친구라 믿고 그리 말한 것 같았어.

"이 빨갱이 새끼! 나한테 왜 이러냐니! 우리가 아직도 네 친구 줄 아냐? 우리는 빨갱이 새끼하고는 친구 안 한다고."

"좋게 말할 때 다 불어라, 새끼야!"

허리 뒤로 손이 묶인 오빠 뺨을 만식이가 후려쳤어.

짝!

소리와 함께 오빠가 휘청거리며 쓰러졌어. 그걸 신호로 끝돌이가 들고 있던 몽둥이로 오빠의 등짝을 패기 시작하는 거라. 오빠는 비명과 함께 소금 뿌려진 미꾸라지처럼 몸을 굴리며 몸부림쳤어.

나는 새파랗게 질려 비명도 지르지 못하고 얼어붙은 듯 서서 벌벌 떨었지. 오금이 펴지지 않아 걸음도 떼어지지 않는 거야. 마당 한쪽에 서 있던 이팽이가 떨고 있는 나를 흘깃 보더니 만식이와 끝돌이를 보고 소리 지르는 거야.

"그만! 그만하면 됐다. 그만해라!"

아이고! 그날 내가 어떻게 집에 돌아왔는지 기억도 나지 않네. 얼이 반쯤 빠져 집까지 오며 얼마나 울었는지 집에 왔을 때 엄마가 퉁퉁 부은 내 얼굴을 보고 놀라던 모습만 생각나.

다행히 광수 오빠는 곧 풀려났단다. 사위가 지서에 잡혀갔다는 소식을 들은 처가에서 여기저기 선을 대 풀어낸 것이었지. 할머니와 엄마는 오빠 얼굴을 보고서야 제대로 숨을 쉬었어. 오빠가 지서에 잡혀 있는 동안 발 뻗고 눕지도, 물 한 모금 제대로 넘기지도 못했거든. 오빠는 한동안 집 밖을 나가지 못했어. 식구들이 아닌 사람을 보면 경기를 일으킬 만큼 떨었어. 그런 남편을 보고 올케 언니는 뒤란 감나무 아래서 소리 죽여 눈물을 훔쳤어. 나도 올케 곁에서 같이 울고.

"아가씨, 오빠 괜찮겠지요?"

"그럼요, 괜찮을 겁니다. 괜찮아야지요!"

올케 언니 입술이 파르르 떨려 나는 또 마음 아팠어. 맞아 죽은 삼촌 생각하면 오빠가 살아 나온 게 믿기지 않을 정도였지.

"어혈 푸는 데는 물푸레나무 진만큼 좋은 게 없단다. 이걸 당귀하고 달여 먹으면 효험이 아주 좋다네."

"어머니, 칡뿌리가 놀란 데 좋답니다."

할머니와 엄마는 온갖 풀뿌리와 약초를 구해 와 달여 먹였어. 할머니와 엄마의 정성과 올케 언니의 지극한 간호로 오빠는 가까스로 정상적인 생활을 할 수 있게 되었단다.

전쟁이 터졌다는 소릴 듣고 집으로 달려가는데 그 일이 어제 일처럼 떠오르는 거야.

"전쟁 나면 우리 오빠는 어쩌지? 몸 추스른 지 얼마 안 됐는데."

초여름에 접어든 날씨에도 나는 오싹 한기가 들었어.

전쟁

　우리 학교는 요즘 쉬는 시간이면 거의 전쟁터다. 남학생들은 참 희한하다. 꼭 친구가 안 되더라도 그냥 사이좋게 지내면 안 되나? 왜 그렇게 서열을 정하려는지 정말 미스터리다. 〈동물의 왕국〉에서도 수컷들은 서열이 정해져야 평화롭게 지내던데. 인간도 남자들은 동물과 가까운, 아직은 덜 진화된 존재들이라 그런 모양인가?

　오늘은 자칭 주먹 일진이라는 상우와 경수가 싸움이 붙었다. 경수가 상우한테 도전장을 던졌다나 뭐라나? 사물함 문짝이 부서지고 화분도 박살 나고. 경수는 눈두덩이가 밤탱이가 되고 상우도 입술이 터져 피가 낭자했다.

　"이 녀석들! 교실에서 무슨 짓이야!"

　지나가던 체육 선생님이 보고 뜯어말리지 않았으면 둘 중

하나는 뼈가 부러지거나 크게 다쳤을 거다.

양호실로 데려가니 다른 반에서도 서열 다툼으로 다친 남학생들이 몰려와 응급처치를 받고 있었다. 손가락이 꺾인 애, 코피 터진 애. 어휴! 일일이 다 짚지도 못하겠다. 양호 선생님은 몰려드는 환자들 처치하느라 진땀을 빼고 있고.

"아휴! 아무튼 남자들은 정말 골치 아픈 존재야. 세상이 평화로우려면 남자들만 특별 교육을 시켜야 된다고. 폭력으로 자신을 증명하는 남자들. 특히 아직 덜 자란 남학생들은 더 그런 것 같지 않니?"

"맞아! 맞아! 여학생들은 싸우지 않아도 이렇게 평화롭게 잘 지내잖아! 그것만으로도 여자들은 남자들보다 훨씬 우월하지!"

남학생들이 싸움으로 서열을 정하는 중이라면 요즘 은비랑 나는 남학생들 흉보는 걸로 여성들의 우정을 돈독하게 쌓고 있는 중이다.

외할머니의 이야기와 나의 상황은 전혀 다른 것 같으면서도 묘한 접점이 있는 느낌. 그래서 나는 오늘도 학교 마치기 바쁘게 집으로 달려갔다. 그런데 오늘은 외할머니가 일반화된 치매 노인들의 범주에 들어가 계셨다. 현관문을 열자 지독한 냄새가 코를 찔렀다. 온 집 안에 가득 차 있는 똥 냄새!

"우엑! 이게 무슨 냄새야?"

코를 잡고 소리를 질렀다. 요양보호사 이모가 지친 얼굴로 내 방에서 나왔다.

"고은이 왔구나. 아휴, 환기를 시키려 창문을 모두 열었는데 아직 냄새가 덜 빠졌지? 거실에서 텔레비전 보시게 하고 내가 잠시 할머니 방 청소하는 사이 속이 불편하셨던 모양이야. 혼자 급하게 화장실 가시다 그만 옷에 실수를 하셨어. 점심을 좀 과하게 드신다 싶더니."

요양보호사 이모가 외할머니를 목욕시키고 수건과 걸레를 빨고 소독까지 하느라 진땀을 뺀 모양이었다. 집 안 구석구석 탈취제를 뿌리고 창문을 열었지만 고약한 냄새는 쉬 빠지지 않았다. 요양보호사 이모가 가신 뒤 방향제를 뿌리고 공기 청정기를 돌리는 동안에도 외할머니는 계속 주무셨다. 날이 어두워지고 엄마와 아빠가 돌아오셨다.

"할머니 오늘 똥 싸셨단 말이야. 내가 얼마나 힘들었다고!"

볼이 부어 엄마한테 화풀이를 하는데 씨알도 안 먹힌다. 요양보호사 이모한테 전화로 상황 보고를 다 들은 게 분명하다.

"네가 뭘 했다고 힘들어? 그깟 냄새 좀 맡았기로서니! 나는 너 아기 때 밥 먹다가도 똥 싸면 들여다보며 네 장 상태를 살피곤 했어. 우리 엄마도 나를 그렇게 키웠을 거야. 네가 뒤처리를 한 것도 아니고 요양보호사 이모가 다 했을 텐데. 엄마 대신 네가 할머니 똥 냄새 좀 맡았기로 뭐가 힘들다고 엄살이야, 엄살이?"

내가 말을 말아야지. 우리 엄마의 저 이상한 논리는 번번이 나를 꼼짝 못 하게 만든다. 내가 왜 엄마 대신 그 역할을 해야 하는지 따지고 싶다는 생각은 한참 뒤에 떠올랐고 그땐 이미 모든 상황이 끝난 뒤라 다시 따지고 말고 할 마음도 없었다.

외할머니는 저녁도 안 드시고 주무시더니 식구들 다 자는 시간에 깨서 배고프다고 아기처럼 칭얼대셨다. 엄마가 저녁 드시라 깨워도 안 일어나시더니. 외할머니가 깨시길 기다리던 엄마도 잠들었고, 아빠도 주무시고, 과제 고민하느라 낑낑 대던 나만 깨어 있었으니 외할머니의 허기를 해결해 줄 사람도 나밖에 없다.

'아휴, 짜증 나!'

입이 댓 발이나 튀어나왔지만 하루 종일 일하고 돌아와 지쳐 주무시는 부모님을 깨울 만큼 강심장도 못 되니! 나는 엄마가 끓여놓은 야채 죽을 전자레인지에 데우고 물김치와 차려 외할머니께 갖다 드렸다.

"내가 우리 고은이를 귀찮게 하는구나."

"……."

나는 아무 말도 안 하는 걸로 내 심사가 불편하다는 걸 드러냈다. 할머니는 표정이 드러나지 않는 얼굴로 죽을 드시기 시작했다. 아기처럼 얌전히 죽을 드시는 모습을 보고 있노라니

튀어나왔던 입이 차츰 제자리를 찾아 들어갔다. 내가 차려준 음식을 맛나게 먹는 모습. 그게 아이든 어른이든, 묘한 감동을 불러일으키기 충분했다.

나는 할머니가 죽을 드시는 동안 폰으로 세계 뉴스를 검색해 봤다. 러시아와 우크라이나의 전쟁 소식이 제일 먼저 뜬다. 다친 아기를 안고 울부짖는 엄마, 온몸이 피투성이가 된 채 실려가는 사람들, 무너진 건물 앞에서 가족을 찾는 남자……. 폭격으로 부서진 건물과 죽거나 다친 사람들을 보는 건 정말 괴롭고 마음 아프다.

한번은 장갑차 위에서 기관총을 겨누고 있는 러시아 병사가 화면에 나왔는데 우리 오빠와 비슷한 또래처럼 보여 깜짝 놀랐다.

'사람들은 왜 싸울까? 미움과 증오는 어디서 시작되는 건가?'

뉴스를 볼 때마다 드는 의문이다.

죽 그릇을 달게 비운 외할머니는 다시 이야기를 시작하셨다. 열일곱 그때로 다시 돌아오신 거다. 나는 외할머니와 친구가 되어 이야기 속으로 빠져들어 갔다.

전쟁

　들일 나갔던 우리 부모님도 집에 와 있었지. 할머니와 광수 오빠와 올케, 남동생들 다섯까지 다 모여 있었어. 내 위로 오빠가 둘 있었는데 큰오빠인 광수는 작년 봄에 결혼해 아직 한 집에서 같이 살고 있었어. 작은오빠는 어릴 때 개한테 물려 광견병으로 죽었다고 했고. 내가 아기 때 일이었으니 나는 작은오빠에 대한 기억은 아무것도 없지. 나에게 작은오빠는 처음부터 없는 사람이었어. 내 밑으로 열네 살인 일수를 시작으로 한 살씩 차이를 두고 이수, 삼수가 있었고 안 낳으려다 태어난 종수가 벌써 열 살이었고 그 밑에 이제 여섯 살인 끝수까지 남동생만 다섯이었어.

　광수 오빠와 동갑인 올케는 시누인 나와 함께 시할머니와 시부모님, 시동생들까지 식구들 밥해대느라 허리 펼 새가 없었어. 디딜방아로 겉보리 한 말을 찧어놔도 사나흘 먹으면 떨어지는 대식구였으니. 엄마는 줄줄이 자식 낳고 부실한 몸으로 농사일하느라 부엌일은 아예 뒷전이었어. 올케가 시집오기 전까지 어린 동생 돌보고 부엌일하는 건 온전히 내 몫이었어. 올케가 오고부터 허리가 좀 펴지긴 했지만 여전히 손에 물 마를 새 없었지.

아버지는 오빠와 함께 논일을 하고 왔는지 베잠방이 아래 드러난 다리엔 진흙이 아직 그대로 묻어 있었어.

"언니, 전쟁 났다는 게 뭐예요? 일본 놈들이 전쟁 일으켜 그리 사람을 들들 볶더니 또 무슨 전쟁이 났다는 말이죠?"

내가 올케 곁으로 다가가 물었어. 올케도 두려움 가득한 눈길로 고개를 흔들었어. 나보다 나이가 네 살 더 많긴 했지만 올케도 아무것도 모르긴 마찬가지였어.

"이북에서 김일성이 군대가 삼팔선을 넘어와 전쟁을 일으켰단다. 벌써 서울도 차지하고 아래로, 아래로 봇물 터진 것처럼 내려온다는데……."

아버지 목소리는 금방 비 쏟아지려는 하늘처럼 어두웠어. 잠시 사이를 두고 아버지가 다시 무겁게 입을 뗐어.

"강원도에서 오징어 배 타던 수택이 아버지가 내려오면서 봤다는데, 피란민들이 끝도 없이 내려온단다. 광수야, 너는 내일 당장 새아기 데리고 처가로 가거라. 거기가 우리 동네보다는 아래쪽이니 만약을 생각해서도 모두 모여 있는 것보다 그게 낫지 싶다."

아버지는 먼저 젊은 오빠와 올케를 지키기 위해 올케네 친정이 있는 구룡포로 피신을 하라 일렀어.

우리 집은 동해안 작은 어촌 마을이야. 태백산맥의 줄기를 이루고 있는 내연산 자락이 동쪽으로 뻗어 내리며 제법 너른 들판을 펼쳐놓았고 마을 남쪽으로 내연산 열두 폭포를 흘러내린 물이 들판을 적시며 바다로 흘러들어 갔어. 들 앞으로 해안가를 따라 우거진 해송이 방풍림을 이루었고 해송 너머 바닷가에는 굵은 자갈돌이 파도에 몸을 뒤채며 자그락거렸어. 거칠 것 없이 펼쳐진 검푸른 동해 바다가 지금도 눈에 선해. 먼 바다로 갈수록 색은 점차 옅어져 마침내 수평선 너머 하늘과 같은 색으로 맞닿았지. 불어오는 바람 냄새, 귓가에 쟁쟁한 파도 소리. 나는 지금도 그 바람 냄새를 생생하게 맡을 수 있고 파도 소리도 들리는 것 같아.

먼바다에서는 겨울이면 대구와 명태, 오징어, 대게가 많이 잡혔어. 자기 배를 가지고 있는 선주들은 파도를 헤치고 먼바다까지 나가 한 배 가득 물고기를 걷어오곤 했지. 먼바다까지 나갈 배가 없는 사람들은 작은 배로 마을과 가까운 바다에서 고기를 잡았고. 작은 배라도 물때가 맞으면 도루묵과 꽁치, 양미리 같은 물고기들을 배가 가라앉을 만치 잡아오기도 했단다. 봄가을로 멸치 떼가 몰려오면 여자들은 바다로 몰려가 삼태기로 멸치를 퍼 올리기도 했단다. 바다는 그렇게 인간들에게 끝없이 베풀어주었지.

겨울철이면 바다에서 시작된 강한 샛바람이 휘몰아쳤단다. 바람은 하늘까지 회색으로 낮게 가라앉히고 큰 파도를 자주 일으켰어. 사나운 파도가 흰 거품을 물고 비명을 지르듯 해안가에 부서지고 나면 어김없이 어른 주먹보다 더 큰 도루묵 알이 해초에 섞여 굴러다녔지. 나는 미역을 건지러 나가 도루묵 알이 보이면 꼭 주워 왔단다. 도루묵 알은 무나 감자를 넣고 조려놓으면 오독오독 씹히는 맛이 일품이었지. 조린 도루묵 알은 아버지가 술안주로 즐겨 드시는 음식이었어.

마을이 복조리처럼 생겨 그렇다는 얘기도 있었지만 풍요로운 바다와 농사지을 넉넉한 땅까지 갖춘 우리 마을에는 밥 굶는 집이 없었어. 가혹한 일제의 수탈을 견디고 이제 허리를 펼 즈음이라 나라 곳곳에는 아직 끼니를 잇지 못하는 집이 많았지만 우리 마을에서는 끼니때 굴뚝에 연기 안 나는 집은 없었어.

이런, 이런! 내가 아버지 이야기 하다 다른 길로 빠졌지? 다시 아버지 이야기로 돌아가서…….

"아직 일이 어찌 될지 좀 더 지켜봐야겠지만, 우선 그러는 게 맞을 성싶다. 상황 봐가며……. 금방 끝날지도 모르고……. 끝날 거 같으면 다시 오면 되니…….”

아버지도 적잖이 당황하신 듯 말에 앞뒤가 없었어. 말끝을
흐리는 아버지 목소리엔 전쟁이 금방 끝나길 바라는 일말의
희망이 담겨 있었지. 친정으로 가라는 시아버지의 말에 얼굴
에 화색이 도는 올케를 바라보다 아버지 쪽으로 눈길을 돌린
내가 조심스럽게 물었어.

“아버지, 우리는요?”

나 자신보다 다섯이나 되는 동생들을 걱정해 물은 말이었
는데 엄마가 나무라듯 말했어.

“다 큰 처녀를 어디다 맡긴단 말이고! 너는 우리하고 집에
있어야지. 그리고 아직 철딱서니도 없는 어린것들 데리고 어
디를 가겠니.”

아버지도 고개를 끄덕이며 말했어.

“별일이야 있을까. 선예는 할머니와 엄마 도와 곡식 같은
거 눈에 안 띄는 데다 잘 갈무리해 놔라. 아가, 너는 피란 보따
리 준비하고. 광수는 삼태기 들고 나하고 좀 가자.”

아버지는 삽과 거름 쳐내는 쇠스랑을 들고 앞장서 나갔어.
할머니는 양식 갈무리는 뒷전이고 제일 먼저 외양간에 가서
암소와 새끼를 살피셨어. 봄에 태어난 새끼는 아직 코뚜레도
꿰지 않은 부룩송아지였거든.

“좀 더 있다 뗄라 했더니. 안 되겠다. 오늘 저녁에 아비 들어

오면 송아지 코뚜레부터 꿰어야겠다."

할머니는 송아지 등을 쓰다듬으며 혼잣말로 중얼거렸어.

"음머……!"

암소도 심상찮은 분위기를 느꼈는지 길게 소리를 내며 울었어. 이제 열네 살인 일수 아래로 몇 살인지 굳이 따질 필요도 없는 고만고만한 동생들 다 데리고 어딜 간다는 것도 말이 안 되는 일이었지.

전쟁이 터졌다지만 아직 북한군도, 피란민도 구경하지 못했고. 마을 아이들만 이상한 기운에 들떠 골목을 휘저으며 뛰어다닐 뿐 어른들은 저마다 전쟁에 대비하느라 분주했어. 일수가 어른들 눈치를 보고 있다가 어느새 밖으로 뛰쳐나갔고 동생들도 그 뒤를 따라 나갔어.

"나도, 나도 같이 가!"

형들 따라가지 못해 칭얼거리는 막내를 업고 나는 뒤란 감나무 아래로 갔어. 넓은 감나무 잎이 그늘을 지어 시원했거든. 끝수는 내 등에서 이내 잠이 들었어. 마루에 동생을 눕혀놓고 나는 집을 나섰어. 불안해서 집에 가만히 있을 수가 없었거든.

오빠

"아, 정말 짱나!"

월요일 교실에 들어가자마자 은비가 내 자리로 와 하소연 같은 푸념을 늘어놓았다. 얼마 전 외할머니와 한 방을 써야 하는 문제로 은비 귀를 괴롭혔던 터라 이번엔 내가 은비의 푸념을 들어줘야 할 차례였다.

"왜? 무슨 일인데? 나한테 다 털어놔 봐. 뭐든 들어줄 테니."

"동새앵! 동생 땜에 못살겠어!"

"동생이 왜?"

은비 동생은 초등학교 6학년이라 들었던 것 같다.

"걔 때문에 짜증 나 죽겠어. 그 자식은 내가 무얼 사는 꼴을 못 봐!"

"그게 무슨 말이야? 좀 쉽게, 자세히 얘기해 봐."

"아니, 어제 일요일에 엄마랑 백화점에, 마트가 아니라 백화점 말이야! 백화점!"

은비는 백화점이란 말을 세 번이나 힘주어 말했다.

"백화점에 새 운동화를 사러 가기로 했거든."

"그런데 동생 때문에 못 샀구나?"

"맞아! 그 녀석이 산 지 얼마 안 되는 멀쩡한 운동화 두고 자기도 새 운동화 사달라고 데굴데굴 구르는 거야. 내 신발은 일 년도 더 신어 다 떨어진 건데."

"아우! 진짜 속상했겠다."

진심에서 우러나오는 말이었다.

"동생이 예쁘다는 애들 정말 이해 불가! 동생이 뭐가 예뻐? 없으면 더 좋지. 부모님 사랑도 내가 독차지하고, 내가 원하는 건 뭐든 다 얻을 수 있을 텐데."

나는 고개를 끄덕이는 걸로 긍정해 줬다. 가끔은 그런 생각이 들 때가 있다.

오빠는 게임하며 놀고 있는데 엄마가 책 읽고 있는 나한테 심부름 시킬 때라든지. 오빠가 상 같은 거 받아와 부모님 칭찬을 독차지할 때라든지. 물론 나보다 공부 잘하는 오빠니까 당연한 일이지만 은근 샘이 나는 건 사실이다. 또 오빠가 무얼 사달라면 말 떨어지기 무섭게 사주면서 내가 뭘 사달라면 그게 꼭 필요하냐며 차일피일 미룰 때도 그렇다.

'오빠가 없으면 부모님의 관심과 사랑을 내가 다 차지할 텐데.'

금방 지워버리긴 했지만 그런 생각을 한 번도 안 해봤다면 거짓말이다.

그렇지만 오빠는 없는 것보다 있는 게 더 좋은 것 같다. 요즘은 고3이라 마주칠 일도 잘 없지만 가끔 오빠한테 수학 문제 같은 걸 물어보면 아주 쉽게 가르쳐주곤 한다. 용돈이 궁할 때 오빠한테 살살거리면 주머니를 털어주는 것도. 나는 그런 오빠가 있어 좋은데 오빠는 어떻게 생각할까?

'나도 오빠에게 짜증 나는 동생일까?'

그런 건 대놓고 물어보는 게 아니지 않나? 그냥 저절로, 느낌으로 알 수 있는 거 아닌가? 내가 오빠를 좋아하는 걸 오빠도 알고 있을 거다.

'할머니는 그 많은 동생을 돌보며 힘들지 않았을까?'

은비랑 이야기하다 문득 외할머니 생각이 났다.

집에 오니 요양보호사 이모가 기다렸다는 듯 가방을 들고 나오며 말했다.

"오늘 할머니가 계속 주무시네. 점심 드시고 들어가셨는데 아직도 주무셔."

요양보호사 이모를 보내드리고 방으로 들어갔다. 외할머니는 아기처럼 새근새근 자고 있었다. 조용히 가방을 놓아두고 화장실에서 세수를 하고 있는데 인기척이 느껴졌다. 놀라 돌아보니 외할머니가 화장실 문을 반쯤 열고 서 있었다.

"깜짝이야! 할머니, 언제 일어났어요?"

"나 소변 좀!"

나는 얼른 외할머니를 변기에 앉혔다.

졸졸졸…….

소변 소리가 조용했다.

'어? 내가 소변볼 때랑 소리가 다르네……? 늙으면 소변 소리도 약해지는구나.'

외할머니가 안 계셨으면 몰랐을 사실이었다. 기분이 이상했다. 외할머니와 엄마, 그리고 나. 전혀 다르지만 또 그렇다고만 할 수 없는, 눈에 보이지 않는 끈으로 이어져 있는 것 같은 느낌이 들었다.

"나도 좀 씻어야겠다."

외할머니는 엉거주춤 바지를 올리지도 않더니 내 앞에서 천천히 옷을 벗었다. 속으론 놀랐지만 내 손은 저절로 외할머니가 옷 벗는 걸 돕고 있었다.

"할머니, 팔 올려요. 만세 하세요."

얼른 욕조에 따뜻한 물을 틀었다.

"물 받을 때까지 속옷은 입고 계셔요."

외할머니는 무표정한 얼굴로 고개를 끄덕였다. 물 받는 동안 따뜻한 물을 욕실 바닥에 두어 바가지 붓고는 속옷까지 벗긴 후 욕실 의자에 외할머니를 앉혔다.

"머리부터 감을게요."

외할머니는 고개를 숙여 머리를 내밀었다. 샤워기로 머리를 적시고 샴푸를 짜서 문질렀다. 흰 머리카락이 부드럽게 손에 감겼다. 탱탱한 탄력이 느껴지는 내 머리카락과는 전혀 다른 느낌이었다.

'늙으면 머리카락까지 힘이 없어지는구나.'

외할머니와 한 방을 쓰면서 나는 늙는 게 어떤 건지 배우는 것 같았다.

'이러다 내가 노인 박사 되는 거 아냐?'

피식 웃음이 나왔다. 머리를 감고 애벌 샤워를 하는 동안 욕조에 물이 다 받아졌다. 알맞게 따뜻한 물에 몸을 담근 외할머니가 기분 좋은 듯 말했다.

"어이구, 시원하다. 우리 고은이가 할미를 씻겨주고. 다 키웠구나."

증기 때문에 내 몸도 흠뻑 젖고 땀이 났지만 기분은 좋았다.

"할머니는 동생이 많았잖아요. 그 많은 동생을 할머니가 다 돌봤다면서요?"

"돌보고 자시고 할 거나 있었나? 그때는 자식 낳아놓으면 저절로 다 컸지. 형제들끼리 굴러다니며 알아서 큰 거지."

"그래도 할머니 밑으로 동생들이 줄줄이 있었는데 귀찮거
나 힘들지 않았어요?"

"요새는 모든 게 넉넉하고 잘사니까 모르겠지만, 옛날에는
먹는 것도 귀하고 옷이나 신발 같은 것도 귀했으니까 형이 입
던 옷이나 신발도 다 물려받고 그랬지. 그래도 그런 게 당연한
거라 생각하고 살았어. 고구마 한 개라도 형이나 동생하고 나
눠 먹어야 하고 부족해도 아무도 불평하지 않았단다. 내가 엄
마 대신 동생들 돌보고 살림까지 살았지만 그걸 귀찮다, 힘들
다 생각지는 않았어. 형제는 귀찮거나 힘든 게 아니니까."

'형제는 귀찮거나 힘든 게 아니라고?'

저절로 고개가 끄덕여졌다.

"우리 고은이가 할머니 씻기느라 고생이구나."

"할머니, 가족끼리는 고생이란 말 안 써요."

외할머니께 배운 거지만 금방 활용하다니! 내가 생각해도
나는 좀 멋진 아이 같다.

목욕을 하고 새 옷으로 갈아입은 외할머니는 개운한 얼굴
로 다시 옛이야기를 이어갔다.

오빠

'아버지하고 오빠가 뭐 하시는지 가보자.'

나는 집 앞 고샅길을 벗어나 아버지를 찾아 나섰어. 아버지와 오빠는 마을 앞, 벌에 계셨어. 벌에는 우리 논이 있었어. 할머니와 돌아가신 할아버지가 젊었을 때 마을 앞에 버려진 황무지를 허리가 휘도록 개간해 만든 논이었지. 할머니, 할아버지의 휜 허리 덕에 우리 부모님은 제법 너른 땅에 농사를 지을 수 있었단다.

벌에는 아버지가 논에 물 대려 파놓은 커다란 웅덩이가 있었어. 아버지는 오빠와 함께 그 웅덩이 물을 빼내고 있더라고. 아버지와 오빠는 물이 빠질 동안 근처에서 넓적한 돌을 주워다 날랐어. 물이 다 빠지고 흙바닥이 드러나자 아버지는 넓적한 돌을 바닥에 평평하게 깔며 말했어.

"광수야, 선예하고 삼태기 들고 가서 자갈 좀 담아 오너라."

벌을 감싸듯 둘러선 소나무 숲만 넘으면 바로 바닷가였어. 바닷가엔 자갈돌이 지천으로 깔려 있었지. 내가 삼태기 가득 자갈을 쓸어 담아주면 오빠가 져다 날랐어. 아버지는 오빠가 가져다준 자갈을 넓적돌 위에 골고루 펴 깔았어. 아버지는 다시 강둑에서 굵은 버드나무 가지를 잘라왔어.

"너도 가지를 이렇게 엮어봐라."

아버지가 먼저 시범을 보였지. 오빠는 아버지가 시키는 대로 버드나무 가지를 얼기설기 엮었어.

"그만하면 됐다. 자, 너는 이쪽을 잡고 저리 가거라."

아버지는 엮은 버드나무 반대쪽을 잡고 웅덩이 쪽으로 갔어.

"거기 놓고! 옳지!"

오빠는 아버지가 무얼 말하는지 눈치 빠르게 알아서 움직였어. 아버지는 엮은 버드나무를 웅덩이 위에 얹었어.

"이제 소나무 가지를 꺾어 오너라. 큰 가지, 잔가지 골고루."

아버지가 엮은 버드나무 가장자리에 흙을 쌓으며 말했어.

"힘드니까 너는 손대지 말고 내가 낫으로 쳐내는 거나 날라라."

오빠가 낫을 들고 가지를 치며 말했어. 나는 그런 오빠가 참 좋았어. 힘든 일은 자기가 하고 쉬운 일은 나를 시키는 그

마음이 느껴졌으니 좋을 수밖에. 지금 왜 이런 일을 하는지도 잊은 채 내 볼엔 저절로 웃음꽃이 피었어.

나는 오빠가 쳐내는 굵은 가지를 끌어다 날랐단다. 아버지는 엮은 버드나무 위를 다시 생솔가지로 빈틈없이 덮었고. 그리고 여닫을 수 있는 문을 만든 다음 다시 그 위를 흙으로 덮었지. 밖에서 보면 그냥 빈 땅처럼 보였어. 감쪽같은 피란처였지. 아버지는 위급한 상황이 생기면 식구들이 대피할 수 있는 방공호를 만든 것이었어.

"휘유!"

굵은 땀을 닦으며 아버지가 크게 한숨을 내쉬었어. 오빠도 온몸이 땀범벅이었고. 나는 오빠를 보고 다시 방긋 웃었어. 나도 힘을 보태 기분이 좋았거든.

식구들은 올케가 애호박을 썰어 넣고 끓인 칼국수로 이른 저녁을 먹었어. 아버지는 할머니의 부탁대로 송아지 코뚜레까지 꿰어준 다음 자리에 들었어.

별이 유난히 반짝이는 밤이었어. 전쟁 때문에 한 일이었지만 낮에 일할 때는 일에 열중하느라 전쟁에 대한 걱정이 들지 않았지. 밤에 잠자리에 들자 이런저런 상념이 머리를 가득 채웠어. 남쪽 하늘에 밀가루를 흩뿌려놓은 것처럼 흐르는 은하수를 쳐다보며 혼잣말로 중얼거렸어.

"전쟁은 사람을 죽이려고 싸우는 건데 우리 식구들은 괜찮을까?"

'만약 아버지나 엄마가 죽는다면 어쩌지? 오빠와 올케를 영영 못 본다면? 철딱서니 없는 동생들은? 할머니와 나는?'

생각만으로도 오싹 소름이 돋더라. 삼촌의 죽음을 통해 사람 목숨의 허망함을 진즉에 경험한 터였지만 누군가 죽을지도 모른다는 상상은 여전히 무서웠어. 그러면서도 전쟁은 뜬구름 잡는 이야기 같은 실감 나지 않는 먼 곳의 일처럼 느껴졌단다.

다음 날 나는 여느 때보다 일찍 일어났어. 피란 가는 오빠와 올케에게 밥을 지어 먹여 보내기 위해서였지. 새벽밥을 먹고 오빠와 올케는 할머니와 부모님께 큰절을 했어.

"몸조심하고, 도착하면 인편으로 연락해라."

전쟁 통에 인편이라니! 엄마의 가능성 없는 말에도 오빠는 굳은 표정으로 고개를 끄덕여 대답했어.

"네 신랑 몸이 아직 온전치 않으니 네가 잘 살펴야 한다."

"그리하겠습니다."

올케가 오빠 표정을 살피며 야무지게 대답했어.

"해 뜨기 전에, 조금이라도 시원할 때 어서 가거라."

오빠는 아버지가 내어준 쌀과 보리가 섞인 양식 한 말을 등에 단단히 졌어. 올케는 간단한 옷 보따리를 들고 오빠 뒤를 따랐고.

"혹시 모르니 가까운 곳에라도 오는 사람 있으면 연락하겠습니다."

오빠는 엄마한테 다짐하듯 말하고 나를 바라봤어.

"너한테 다 맡기고 가서 어쩌니. 네가 할머니와 어머님 잘 살펴드려라."

내가 미처 말문을 열기도 전에 엄마가 오빠와 올케 등을 떠밀듯 재촉했어.

"쓸데없는 소리 그만하고 어서 가거라."

오빠와 올케는 새벽길을 걸어 피란을 갔단다. 마을 여기저기서도 사람들이 피란을 떠나기 시작했어. 소달구지에 이불과 솥단지, 양식을 싣고 가는 사람들, 단출하게 보따리와 양식만 짊어지고 떠나는 사람 등 저마다 형편이나 힘에 맞는 형태로 짐을 꾸려 머리에 이거나 지게에 지고들 갔지. 마을로 들어오는 큰길은 피란을 떠나는 사람들로 긴 행렬을 이뤘단다. 집을 두고 떠나기 쉽지 않은 일이었지만 어찌 생각하면 피란 갈 곳이 있는 사람은 다행인지도 몰랐어.

그날 저녁 무렵 화자가 찾아왔어. 나도 궁금해서 막 가볼까 하던 참이었는데.

"선예야, 우리는 내일 피란 간대. 지금 부모님이 피란 짐 싸고 있는데 잠깐 나왔어. 네 얼굴 보고 가려고."

화자는 내 손을 잡으며 울먹였어. 나도 금방 눈물이 쏟아질 것 같은 눈을 껌뻑이며 물었단다.

"어디로 가는데?"

"안강에 있는 큰집으로 갈 거래."

"거기는 괜찮을까? 우리 오빠도 올케하고 오늘 새벽에 처가로 피란 갔는데."

"모르겠다. 어른들이 하는 일이니 따라가야지. 너희는 피란 안 가니?"

"엄마가 어린 동생들 데리고 어딜 가겠냐고……. 우리는 그냥 있지 싶다."

"순덕이네는 부산 고모네 집으로 간댔어. 아까 순덕이가 와서 그리 말하고 갔어. 피란 짐 꾸리고 바로 간다고. 너한테 올틈 없다고. 나보고 이야기 전해달라 했어."

순덕이는 화자네 집이 가까우니 거기 가서 소식을 남기고 피란 간 거지.

"용칠이네는 소문 들었니? 피란 간대?"

나는 화자와 연애 중인 용칠이 안부를 물었어. 화자에겐 무엇보다 그게 중요한 일이 아닐까 싶었거든.

"용칠이네는 안 가는 모양이야. 오는 길에 용칠이 만나고 왔어."

고개를 끄덕이는 나를 보고 화자가 다시 말했어.

"꼭 살아서 다시 만나자고 용칠이랑 손가락 걸고 약속했어. 전쟁, 금방 끝나겠지? 금방 돌아올 수 있겠지?"

화자는 연거푸 내게 물었지만 난들 그걸 어찌 알 수 있었 겠니?

"아무튼지 조심하고. 금방 다시 만나자."

나도 불안했지만 그리 말할 수밖에 없었지.

친한 친구들이 다 피란을 떠난 마을에서 혼자 남아 전쟁을 견뎌야 한다는 건 무섭고도 쓸쓸한 일이었어.

며칠이 지나자 마을은 사람이 살지 않는 마을같이 휑뎅그 렁했지. 친구들이 떠난 마을은 다른 마을처럼 낯설고 어색했 어. 주인이 떠나며 남겨둔 개들이 마을을 돌아다녀 한여름에 도 을씨년스러웠어.

나는 아침이면 보리방아 찧어 밥하고 낮에는 집에서 동생 들 돌보며 집안일 하는 일상을 이어갔단다. 학교가 문을 닫아 동생들은 신이 났지. 일수와 이수, 삼수는 남은 집 아이들과 몰려 뛰어다녔어. 나도 바닷가에서 해종일 물놀이를 하며 노 는 아이들을 보면 전쟁 났다는 게 실감이 하나도 안 들었지.

날은 점점 뜨거워지고 콧등엔 땀이 송송 맺히기 시작했어. 나는 뒤란 감나무 아래서, 밤이면 등잔불 아래 홀로 수를 놓으 며 시간을 보냈단다. 전쟁 터진 그날 방물장수 아줌마가 와서 사놓은 수실과 올케가 주고 간 수실까지 실은 넉넉했거든. 수 놓으면 같이 모여 수다 떨던 화자와 순덕이가 저절로 생각나는 거야. 그때만큼은 전쟁의 두려움도 피란 떠난 오빠와 올케 걱정도 잊을 수 있었지. 아버지와 엄마도 이른 새벽에 잠깐 들에 나가 논이나 밭을 돌보고 이내 들어와 조용히 숨죽이며 지냈고. 동생들도 부모님이 들어오면 집 안에서 숨죽이며 지냈어.

더위와 함께 본격적인 여름으로 접어든 7월 어느 날이었어! 마당 우물가에서 물을 길어 올리던 나는 너무 놀라 두레박을 떨어트리고 말았단다.

차이

외할머니와 나는 일흔네 살이란 나이 차가 나는 만큼 좋아하는 것도 다르고 싫어하는 것도 다르다. 아니다. 좋아하는 건 비슷한데 싫어하는 것은? 글쎄……? 외할머니가 싫어하시는 게 있었나? 외할머니는 좋다는 말은 잘 하시지만 싫다는 말은 잘 안 하셨는데. 싫은 게 없으신 건가?

나는 좋은 게 많은 만큼 싫은 것도 많은데. 고기는 좋아도 생선은 싫고, 새우나 게는 좋지만 조개나 굴 같은 건 싫어한다. 빵, 과자, 탄산음료 같은 건 좋아하지만 채소나 과일은 별로다. 코드가 맞지 않는 아이들에겐 아예 눈길도 안 주는데 외할머니는 요양보호사 이모부터 택배 아저씨, 아파트 경비 아저씨까지 만나는 사람들을 다 좋아하는 것 같다.

가끔 내가 피자나 햄버거를 사오면 외할머니도 맛있게 한

조각씩 드셨다.

"요즘은 맛난 것도 많고 참 좋은 세상이다."

"옛날엔 햄버거 같은 거 없었죠?"

"그럼, 이런 음식은 구경도 못 했지. 그때는 그저 삼시 세끼 밥이라도 안 굶고 먹으면 다행이었지."

"그래서 할머니는 어떤 음식이라도 맛있게 잘 드시는구나. 할머니가 어렸을 때 어떤 음식을 드셨어요?"

"옛날에야 별다른 음식이 있었나. 그저 밥솥에 된장이나 찌고, 된장 단지에 콩잎 같은 거 넣어뒀다 삭힌 장아찌 같은 게 전부였지. 김치도 귀한 반찬이었지, 그때는."

"예? 김치가 귀한 반찬이었다고요? 나는 김치 잘 안 먹는데. 내 친구 은비도 김치 잘 안 먹어요. 학교에서 급식 먹을 때 보면 친구들은 대부분 김치를 남겨요."

"전쟁 때 북한군들은 개도 잡아먹었어."

"우웩! 개를 잡아먹었다고요?"

"그럼. 잡아먹고 말고. 이제 그 이야기를 할 차례구나."

'안 그래도 과제가 잘 안 풀려 고민하고 있었는데.'

외할머니 이야기를 듣다 보면 희한하게 내가 고민하고 있던 문제들이 조금씩 형체를 드러내는 것 같다. 이야기도 듣고 과제의 방향을 고민해 보는 거. 이런 걸 두고 '꿩 먹고 알 먹고'라 하지 아마?

똑같은 사람

집으로 들어오는 골목 초입에 북한군으로 보이는 남자 네 댓 명이 들어오고 있었어. 나는 얼른 뒷마당으로 숨어 귀를 세우고 기척을 살폈어.

"주인장 계시오? 잠깐 실례하겠소."

일행 중 누군가가 조심스럽게 아버지를 찾는 거야. 잠시 침묵이 이어지더니 문 열리는 소리에 이어 할머니 목소리가 들렸어.

"누, 누구시오?"

일행 중 한 사람이 나서며 말했어.

"미안하지만 저기 솥하고 불 좀 빌리갔소."

북한군은 바깥채에 쇠죽 쑤는 가마솥을 가리키고 있었어. 나머지 중 두 사람은 무언가 들고 있었고.

'어? 저, 저거는……!'

내 눈이 휘둥그레졌지. 혀를 빼물고 죽은 개였거든. 사람들이 사라진 텅 빈 마을에 돌아다니는 개. 북한군이 그런 개를 잡아온 것 같았어.

'북한군들이 저리 생겼구나. 우리하고 똑같은 사람이네!'

전쟁을 일으킨 사람들이라 머리에 뿔이라도 난 줄 알았는데 오빠나 아버지와 별반 다르게 생기지 않았더란 말이지. 혀 빼물고 죽은 개를 보는 것도 그다지 놀랍지 않았고. 여름철 농사일에 진 빠진 마을 어른들이 복날이면 바닷가에 솥 걸어놓고 개를 잡아 개장국 끓여 먹는 게 흔한 일이었거든.

"그, 그러소."

할머니가 고개를 끄덕이며 허락했어. 안 된다고 말할 수 있는 상황이 아니었어. 그들은 모두 총을 메고 있었거든.

"고맙소! 잠깐 신세 지갔시오."

북한군들은 신나서 불을 지피고 물을 끓여 순식간에 개털을 벗겨내고 삶는 거야.

"이거, 필요하면 쓰시오."

할머니가 부엌에서 함지와 소금을 가져다주었지.

"오마니, 고맙습네다."

깍듯이 인사를 하는 거라든지, 행동거지도 예의 발랐어.

북한군들은 개 한 마리를 그야말로 두꺼비 파리 잡아먹듯 먹어 치웠어. 그러고는 솥단지나 주변 정리까지 깨끗이 해놓고 돌아갔어. 개 잡아먹은 흔적은 어디에도 남기지 않고 말이야.

"군대에서 먹는 게 시원찮은 게지. 어디서 온 북한군일꼬?"

할머니가 중얼거리자 숨어 있던 아버지가 나오며 말했어.

"며칠 전부터 내연산 깊숙한 곳에 북한군이 진을 치고 있다던데 거기서 온 모양입니다."

"국물 한 방울 안 남기고 다 먹었어요. 배가 어지간히 고팠던가 봐요."

말끔하게 씻어 닦아놓은 쇠죽솥을 살피며 나도 끼어들었어.

"젊은 장정들이 쯧쯧쯔⋯⋯. 우리 광수는 처가에 잘 도착했나 모르겠다. 젊은 다리라 이틀 부지런히 걸으면 도착했을 건데."

할머니는 집안 장손인 큰오빠 걱정을 하셨어.

"북한군들 내려오기 전에 바로 갔으니 잘 도착했을 겁니다. 그나저나 빈집에 있는 개를 잡아먹는 모양인데 저 사람들 또 올지도 모르겠는데요?"

아버지가 사립문 쪽을 살피며 중얼거렸어.

"선예 아버지, 삼수가 아까부터 안 보여요."

엄마가 안방에서 나오며 걱정스러운 목소리로 말했어.

"친구네 집에 갔나? 제가 찾아볼게요."

내가 막 나가려는데 삼수가 집으로 들어오는 게 보였어. 동네 친구들과 무슨 장난을 치고 오는지 허리춤에 길쭉한 작대기를 차고 말이야.

"이 녀석! 꼼짝 말고 집에 있으라니까! 지금 때가 어느 땐데 자꾸 밖으로 싸돌아다니냐!"

아버지 불호령에 삼수는 비척비척 할머니 뒤로 숨어 눈치를 살폈어.

"북한군한테 잡혀가면 어쩌려고 자꾸 돌아다니니. 너보다 큰 아이들은 끌고 가서 일도 시키고 전쟁터로 데려간단다."

할머니가 삼수를 감싸며 걱정스레 타일렀어.

"할머니, 전쟁터에 가면 나도 진짜 총 쏠 수 있나요? 이렇게. 빵! 빵! 빵!"

삼수는 허리춤에 차고 있던 작대기를 총인 양 겨누며 의기양양이었어.

"이노무 자식! 총 쏘는 게 어떤 건데 함부로 총을 쏜단 말이고!"

아버지가 눈에 불을 켜고 호통을 쳤어. 삼수는 자라목을 하고는 할머니 치맛자락을 붙잡고 숨었고.

"선예야, 니는 동생들 밖에 나돌아 다니지 못하게 잘 살펴라."

아버지는 내게 엄명을 내렸지만 삼수는 동생들 중에 말을 제일 안 들었어. 거기다 어딜 그리 볼볼거리고 다니는지 한시도 가만 앉아 있지를 못했어. 아버지의 엄명이 아니라도 나는 동생들 중에 삼수가 제일 걱정이었어.

아버지 말이 맞았어. 북한군들이 한동안 하루가 멀다고 개를 끌고 우리 집에 와서 솥과 불을 빌려 쓰는 거야. 서너 명씩 짝을 지은 북한군들 중에는 왔던 사람이 섞여 있기도 했고 새로운 사람들만 오기도 했단다. 북한군들이 나타날 때마다 나는 엄마와 함께 동생들을 데리고 뒷방에서 숨죽이며 그들이 나갈 때까지 기다려야 했어. 그러다 어느 날 북한군들이 뚝 발걸음을 끊는 거야. 이어서 내연산보다 더 깊고 먼 구암산에서 국군과 북한군이 크게 싸웠다는 소문이 돌았지. 조사리와 월포 쪽에서는 총소리가 콩 볶듯 들렸다고도 했고. 피란 가지 않고 마을에 남은 사람들 중에는 총 쏘는 걸 직접 봤다는 사람도 있었고 누구는 사람이 총에 맞아 죽는 걸 봤다고도 했단다.

그런 흉흉한 소문이 도는 가운데 송라 쪽으로 난 신작로에는 북한 장교들이 탄 지프차와 무기를 실은 것 같은 트럭이 위장 그물로 짐칸을 덮은 채 자욱한 흙먼지를 일으키며 나타났어. 그 흙먼지 뒤로 북한군들이 끝없이 이어져 오는 거야. 총을 들고 등에는 군 배낭을 멘 북한군들은 더위와 허기에 지친 모습이었어. 배낭과 모자에는 나뭇가지와 풀이 꽂혀 있어 멀리서 보면 풀 더미 같았지. 신작로 가장자리로 늘어서 은색으로 반짝이던 포플러 잎은 트럭과 지프차가 일으킨 흙먼지를 뒤집어써 우중충한 회색으로 변했어.

"싸움이 크게 날 모양이다. 함부로 밖에 나돌아 다니지 말고 집에 꼭 있거라."

아버지 목소리가 그 어느 때보다 무거웠어.

며칠 뒤, 하늘에 유엔군 비행기가 날아다니기 시작했어. 우리는 비행기를 색새기라 불렀거든. 어디서 날아오는지 모를 색새기가 '쇄애애애애액!'거리며 멀리 내연산 쪽으로 사라져 갔다 다시 돌아오곤 했지. 색새기는 하얀 날개로 투명한 햇살을 쫘악! 가르며 날았어. 한 줄 소리로 빛살처럼 날아가는 색새기가 얼마나 무서웠는지 몰라!

"누나야! 색새기다 색새기!"

삼수가 마을 길 앞에서 비행기가 날아가는 방향을 가리키며 소릴 지르는 거야.

"빨리 안 들어오나!"

내가 쏜살같이 달려가 동생을 잡아채 담 밑으로 바짝 붙어 엎드렸어.

"우리는 북한군도 아닌데 왜 숨지?"

삼수가 볼이 부어 툴툴거리는 걸 쥐어박으며 눈을 흘겼어.

"비행기가 북한군인지 그냥 사람인지 골라가며 총 쏜다니? 뭐가 움직이면 무조건 다 쏴 죽인다는데!"

비행기는 하루에도 몇 번씩 무서운 소리로 하늘을 찢으며 날아다녔어. 피란 가지 않고 남아 있던 사람들도 모두 어디론가 꽁꽁 숨어버렸고. 할머니는 새벽마다 소를 데리고 솔밭으로 가서 우거진 솔숲에 숨겨뒀다 어두워져서야 집으로 데려왔어. 나는 엄마를 도와 아직 어두운 첫새벽에 밥을 지었고 밥을 다 먹은 식구들은 동트기 전부터 방공호로 들어가 꼼짝 않고 숨어 있어야 했지. 한낮이 되어 비행기가 지나가는 소리를 듣고 나는 재빨리 집으로 달려가 점심을 나르곤 했어. 사람들이 사라진 한낮의 마을은 햇살만 괴괴해 오싹 소름이 돋더구나.

"화자하고 순덕이는 무사한지 모르겠다. 포항 근처에서 전쟁이 심하다던데……."

아버지가 엄마와 주고받는 소문을 귀동냥으로 듣고는 친구들 생각에 마음이 무거웠어.

"같이 모여서 수놓던 일이 꿈만 같네. 다시 그런 날이 올까?"

자주 순덕이와 화자네 집 쪽을 바라보며 중얼거렸어. 밥을 어떻게 날랐냐고?

들밥을 이고 나가던 광주리에 담아 머리에 이고 날랐지. 깡보리밥에 반찬이라곤 된장에 박아둔 콩잎, 아침에 밥할 때 가마솥에 찐 된장이 전부였지. 먹성 좋은 동생들은 내가 이고 온 한 양푼의 보리밥과 찐장, 콩잎을 순식간에 바닥냈어. 방공호에 숨어서 무릎을 맞대고 먹는 밥이었지만 가족이 모두 무탈하다는 건 고맙고도 감사한 일이었단다.

같지만 다 다른

북한군이 우리와 똑같은 사람이었다는 외할머니 말은 내게 많은 생각거리를 던져주었다. 엄마, 아빠가 학교 다녔을 때는 반공 포스터 그리기 대회 같은 것도 있었단다. 북한군을 뿔 달린 도깨비처럼 그리고 '때려잡자, 공산당!' 같은 글도 넣곤 했단다. 그런데 그보다 더 옛날 사람인 할머니는 북한군을 우리와 똑같은 사람이라 여기셨다니! 요즘 우리는 북한을 같은 민족이지만 우리와 다른 사회주의 국가로 생각하고 있는데. 어떤 목적에 따라 강요된 생각은 사람을 맹목적으로 만들 수도 있구나.

그런데 사람은 한 사람 한 사람 다 다르기도 하지. 생긴 모습이 다르고 키나 몸집도 다르지. 저마다 성장 환경이나 사는 환경도 다르지. 다른 모습만큼 생각도 다 다르고. 가끔 모둠별로 활동할 때도 한 가지 의견으로 통일하기가 얼마나 어려운지 모른다. 의견을 잘 맞추지 못하면 모둠 활동은 꽝이다. 자기 뜻대로 안 한다고 나 몰라라 하는 건 양호한 편이다. 다른 친구들의 의견에 은근히 태클 거는 아이들도 부지기수다. 그래서 우리 반은 모둠 활동을 한다면 아이들이 다 싫어한다. 자기 혼자, 자기 생각대로 하겠다는 아이들이 대부분이다. 그걸 알면서도 선생님은 일부러 모둠 활동을 시킨다. 왜 굳이 그러시는지, 선생님의 마음을 나는 조금은 알 것 같다. 자꾸 해보고 생각이나 의견을 조율하는 방법을 깨달으라고 그러시는 거겠지.

외할머니 집에서 개를 잡아먹고 간 북한군들은 어떤 사람들이었을까? 고향에는 아들이 살아 돌아오길 기도하고 있을 부모님이 기다리고 있고, 사랑하는 아내와 자식도 있겠지. 함께 공부하며 뛰어놀았을 친구들도 있고. 우리와 조금도 다르지 않은 평범한 사람들 아니었을까? 전쟁이 터지고 군인이 되었으니 대장이 시키는 대로 총도 쏘고 사람을 죽이기도 했겠지. 대장은 더 높은 계급이 시키는 대로 따라야 했을 것이다. 군대는 어떤 곳이기에 사람을 그렇게 움직이게 만들 수 있는 걸까? 전쟁이 터지면 수많은 사람이 죽는데…….

사람들은 왜 전쟁을 하는 걸까? 서로 미워해서? 자기 나라의 이익을 위해서? 전쟁을 일으킨 나라도 사람이 죽고 폭격으로 부서질 텐데? 나의 이익에 상대가 방해되면 미워하게 되고 싸우게 되겠지. 나라와 나라 사이에도 여러 가지 문제들이 엉켜 오랜 세월 서로 미워하다 전쟁까지 하게 되는 게 아닐까?

외할머니의 이야기를 듣고부터 요즘 뉴스 시간마다 나오는 다른 나라의 전쟁 소식에 눈길이 오래 머문다. 폭격으로 부서진 건물에서 엄마처럼 보이는 여자가 죽은 아이를 안고 우는 모습이 나오는데 나도 따라 눈물이 났다. 군인도 아닌데 전쟁으로 죽는 여자와 아이들. 여러 가지 생각들이 꼬리에 꼬리를 물고……. 그러다 보면 머리가 엉킨 털 뭉치처럼 되어버린다.

"아! 머리에 쥐날 것 같아. 오늘은 그만 자자!"

과제를 하려면 생각을 해야 하는데 내 머리는 늘 이 정도에서 멈추고 만다.

사회 선생님이 내어주신 과제는 지금 세계에서 일어나고 있는 다양한 사건들 중 한 가지를 정해 자기 생각을 밝힌 보고서를 제출하라는 시사 과제다. 무려 A4 용지 다섯 장을 채워 보고서를 써내야 하는 과제! 아이들이 난리도 아니었지만 선생님은 눈도 까딱 안 하셨다. 그나마 다행인 것은 내가 글쓰기를 좀 한다는 거다. 아직 아무에게도 말하진 않았지만 장래 글쓰는 일과 무얼 고치거나 만드는 기술자 중에 뭐가 될지 모르지만 한 가지를 선택하지 않을까 싶다.

포탄 소리

전쟁이 터지고 7월부터 8월까지 영덕과 포항 쪽에서 유엔
군하고 한국군은 북한군을 막아내려고 서로 죽을힘을 다해 싸
웠단다. 포항에서는 중고등학생들까지 총을 들고 북한군과
싸웠지. 우리 엄마는 아들 걱정 때문에 잠도 못 자고 그랬어.

"여보, 우리 광수는 괜찮겠지요? 포항 쪽은 학생들도 전쟁
터에 내보낸다는 소문이 있던데."

"사돈댁에서 잘 지켜주겠지. 여기서 걱정한다고 될 일도 아
니고."

아버지는 당신의 불안을 무지르듯 무뚝뚝하게 대꾸하셨지.
말은 그리 했어도 아버지는 아버지대로, 엄마는 엄마대로 큰
아들 걱정 때문에 깊은 잠을 이루지 못했단다.

7월 중순 무렵부터 한 달 가까이는 정말 정신없는 날들이

이어졌어. 멀리서 총과 포탄 터지는 소리가 나기도 했고 색색기는 날마다 아침저녁으로 하늘을 가르며 날아다녔지. 색색기는 길이나 마을에 사람 흔적이 보이면 어김없이 총과 포탄을 퍼붓고 사라졌단다. 우리는 방공호에서 숨죽이고 있다가 어두워지면 집으로 스며들듯 들어갔어. 불도 켜지 않고 쓰러져 자고 새벽 어스름이 채 걷히기 전에 다시 방공호로 숨는 날들이 이어졌지.

전쟁이 아무리 치열해도 그건 어른들의 일이었고 아이들은 어떤 상황에서도 놀잇감을 찾아 놀아. 나는 방공호 속에서 갑갑해하는 동생들을 위해 이런저런 놀이로 동생들을 달래야 했어. 작은 자갈돌을 주워와 공기 놀이도 해주고 자투리 실로 실뜨기 놀이를 주로 했지. 칭얼거리는 끝수를 안고 자장가를 불러주며 재우는 것도 내 몫이었어.

새는 새는 나무에 자고
쥐는 쥐는 구멍에 자고
미끌미끌 미꾸라지
진흙 밑에 잠을 자고
넙덕 넙덕 송사리
바위틈에 잠을 자고
어제 왔는 새 각시는

신랑 품에 잠을 자고

끝수 같은 아기들은

엄마 품에 잠을 자고…….

어둑한 방공호 안에서 종수하고 끝수는 무료한 시간을 그
럭저럭 견뎌냈지만 일수와 이수, 삼수는 색새기가 지나가고
나면 수시로 방공호를 벗어나려 꾀를 부렸어.

"엄마, 오줌 누고 올게요."

"형아, 나도!"

"나는 똥 마렵다!"

셋은 아버지가 잠깐 눈 붙인 틈을 타 엄마 눈치를 봐가며 미
꾸라지처럼 방공호를 빠져나가곤 했단다. 동생들은 방공호와
가까운 바닷가 솔숲에서 바깥바람을 쐬고 이내 들어오기도 했
지만 어떤 날은 잠에서 깬 아버지가 찾을 때까지 들어오지 않
기도 했어. 그날도 방공호를 빠져나간 세 녀석이 아버지가 역
정을 낼 때까지 들어오지 않는 거야.

"이 녀석들이 왜 아직 안 들어오지? 무슨 일이 생긴 건 아
니…….'"

엄마는 아버지의 눈치를 살피며 중얼거리다 아버지의 화난
눈과 마주치자 말을 말아 넣었어.

"어미가 돼서 자식새끼들 단도리도 못 하고!"

아버지가 버럭거리자 엄마도 지지 않고 대꾸했어.

"사지 멀쩡한 아이들이 이 좁은 데 갇혀 있는 게 그리 쉽겠어요!"

힘든 농사일과 줄줄이 자식 낳고 기르느라 지친 엄마는 아버지와 잘 싸웠어. 한 달 가까이 방공호에서 숨어 지내느라 부모님도 모두 신경이 날카로워져 있었지.

"제가 찾으러 가볼게요. 솔밭에 소하고 같이 있는 할머니한테 갔을지도 모르니."

걸핏하면 싸우는 부모님을 지켜보느니 차라리 위험한 밖으로 나가는 게 편했어.

"나는 이제 다 살은 목숨 아이가. 내 걱정은 말거라."

할머니는 갑갑한 방공호보다 솔밭이 좋다며 솔숲에 매어둔 암소와 송아지 곁에 머무는 날이 많았거든. 부지런하고 알뜰한 할머니는 그 와중에도 솔가지 같은 걸 묶어다 집 부엌에 부려놓곤 하셨어. 솔가지가 뭐냐고? 소나무 가지 말이야. 할머니가 해놓은 나뭇단은 훌륭한 땔감이었지. 나는 할머니가 해다 준 그 땔감으로 밥을 지었단다.

동생들이 할머니 곁에 같이 있을 거라 생각하고 방공호를 나갔어. 좁고 갑갑한 방공호를 벗어나니 얼마나 좋던지. 나도 맑은 공기를 깊이 들이마셨어. 그런데, 깊은 숨을 내쉬는데 갑자기 마음이 불안한 거야. 왜 그런지도 모르게 말이야. 멀리 내연산 쪽 하늘에서 흰 구름이 뭉글뭉글 솟아오르는데 그렇게 빠르게 솟아오르는 구름은 처음 보았지. 구름을 보고 있는데 마음이 걷잡을 수 없이 불안하게 뛰었어. 피어오르는 구름이 꼭 저승사자 같았어. 구름이 점점 내 쪽으로 다가오는데 어찌 나 무섭던지. 뭔지 알 수 없는 불길한 게 구름 따라 함께 다가 오는 것 같았어. 나는 불안한 마음을 가까스로 누른 채 할머니 를 찾았어. 솔숲에는 할머니와 소밖에 없었어.

"할머니, 일수하고 아이들 못 봤어요?"

"아까 여서 지들끼리 뛰어다녔는데. 잠깐 한눈판 사이 에…… 어디 갔을꼬?"

나무하는 데 정신 팔린 할머니가 그제야 허리를 펴며 오히 려 날 보고 묻는 거야. 순간 가슴이 철렁하며 온 몸에 소름이 쫙 끼쳤어. 마을 쪽으로 내달렸지. 그때였어.

쾅!

어디선가 무언가 터지는 소리가 벼락 치듯 나는 거야.

"이게 무슨 소리지? 어디서 났지? 동네는 아닌 거 같은데!"

내 짐작대로 마을과는 반대 방향인 송라로 가는 신작로 쪽 에서 난 소리였어. 정신없이 소리가 난 쪽으로 달려갔지.

세상에!

신작로에 일수 또래로 보이는 아이들이 널브러져 있는 거 야. 머리끝이 쭈뼛 솟구쳤어.

"일수야! 이수야!"

동생들 이름이 비명처럼 터져 나왔어. 미친 듯이 달려갔어. 심장이 터질 것처럼 뛰었지. 널브러진 아이들은 일수와 이수 그리고 일수 친구들이었어.

"일수야, 일수야! 이수야, 정신 차려!"

동생들을 차례로 안아 흔들고 뺨을 때리며 깨웠어. 잠시 뒤 아이들이 눈을 떴어. 폭발 소리와 충격에 잠시 까무러쳤던 거라.

"누, 누나, 삼수, 삼수가⋯⋯."

정신을 차린 일수가 신작로 아래쪽을 가리키며 울먹이는 거야. 신작로 아래는 논으로 이어지는 비탈이었는데. 그제야 나는 삼수가 안 보인다는 걸 깨달았어.

"삼수가 왜?"

일수가 가리키는 손을 따라 비탈 쪽으로 몸을 돌리는데 그만 숨이 컥! 막히는 거야.

아이고! 그 생각을 하면 아직도 숨이 막히네. 잠깐 좀 쉬었다 하자. 아이고, 우리 고은이. 하는 짓도 어찌 이리 예쁠까! 그래그래. 고맙구나. 보리차 마시고 할머니 숨 돌리라고? 휴우⋯⋯. 따뜻한 차를 마시고 나니 살겠구나. 그때 그 모습은 아무리 오랜 세월이 흘러도 어제 일처럼 너무 생생해. 이제 잊힐 때도 되었는데⋯⋯.

신작로 아래, 논과 이어진 비탈에 사람의 형체라 하기 어려운 살덩어리들이 흩어져 있었어. 초록 풀과 검은 흙 위로 붉은 피가 낭자하고.

"아아악!"

비명을 지르며 두 눈을 질끈 감고 그대로 주저앉았어. 일수와 이수의 울음소리가 환청처럼 가물거리는데 나는 그만 정신을 놓고 말았구나.

질문

외할머니의 이야기는 충격 그 자체였다. 베개에 머리가 닿기 바쁘게 곯아떨어지던 나, 채고은이었는데 그날 밤은 잠을 잘 수 없었다. 밤늦게까지 뒤척이다 가까스로 잠들었다가 악몽을 꾸고 다시 깨어나길 반복했다.

형체도 알 수 없는 피투성이 살덩어리가 펄떡거리는 꿈.

'내가 할머니의 이야기를 너무 몰입해 들어서 그런 걸까?'

우리 엄마가 태어나기도 전이었으니 엄마한테도 한 번 보지도 못한 외삼촌이지. 나는 촌수도 못 따지겠고, 그냥 어린아이로 인식된 존재.

그 어린아이의 죽음!

"그 어린아이는 무슨 잘못으로 그렇게 죽어야 했을까?"

질문이 밤새 떠나지 않고 나를 괴롭혔다.

텔레비전에서 본 다른 나라의 전쟁 뉴스에서 사람들이 죽고 다쳤다는 소식과 외할머니의 전쟁 이야기는 전혀 다른 느낌이었다. 텔레비전을 통해 보는 건 그저 뉴스일 뿐이었다. K-팝 가수의 노래가 빌보드 차트 1위를 달린다는 뉴스나, 운동선수들이 천문학적인 몸값을 받는다는 뉴스. 강남 지하철역에서 벌어진 살인 사건이나 어느 동네에서 불이 났다는 뉴스와 똑같은 뉴스일 뿐이었다. 보는 순간 잠깐 마음 아프거나 놀랍긴 했지만 한쪽 귀로 들어와 한쪽 귀로 흘러나가는 그냥 뉴스일 뿐이었다.

그런데 오래전 이야기라도 우리 가족 중에서 전쟁으로 죽은 아이가 있었다는 건 다른 일이었다. 학교에서 은비의 수다를 들으면서도 내 머리 한구석에선 그 이야기가 계속 떠올라 은비 이야기에 집중이 잘 안 됐다.

"너, 지금 딴생각하지? 내 말 듣기나 하는 거야?"

정신을 차리고 보니 은비가 눈을 흘기고 있었다.

"미안! 잠을 설쳤더니……. 지금 내가 제정신이 아니야."

"뭔 일이야? 어서 털어놔!"

"너, 과제는 잘 하고 있니?"

"얘가! 얘가? 뜬금없이 과제는 뭔 과제?"

"사회 선생님이 1학기 성적에 반영한다는 보고서 과제 말이야."

"오호! 네가 지금 과제 생각 하느라 이 절친의 이야기를 씹었단 말이지?"

"아니, 그게 아니라……. 할머니 이야기 듣느라 요즘 과제고 뭐고 정신이 반쯤 나간 상태야. 아직 주제도 잡지 못했는데……. 넌 진도 잘 나가고 있나 싶어서."

"나도 아직 시작도 못 하고 있는걸? 샘은 정말 우리 실력을 너무 과대평가하시는 것 같아. 중3한테 보고서를 다섯 장이나 작성해 제출하라니! 우리가 무슨 대학생, 아니 고딩도 아닌데 그게 가능키나 한 일이야?"

은비는 잠시 뜸을 들이다 다시 내게 질문을 퍼부었다.

"할머니 이야기라니? 무슨 이야긴데 정신이 나갈 정도야? 너 다른 데 정신 빼앗기고선 할머니 핑계 대는 거 아냐? 1학년 때부터 너 좋다고 따라다니던 시우가 2반에 유나랑 사귄다는 소문이 있던데. 그것 땜에 고민하는 거 아냐?"

질문을 한꺼번에 퍼부어대니 무엇부터 대답해야 될지 모르겠다.

"은비야, 질문도 번호를 정해 순서대로 하면 어떨까? 이렇게 말이야."

나는 번호를 매겨가며 질문에 대답했다.

"일, 할머니 이야기는 내가 설명하기엔 너무 긴 이야기라 불가능하고. 이, 다른 데 정신 빼앗긴 건 없음! 삼, 시우가 누굴 사귀건 나는 하나도 관심 없으니 고민할 거리도 아니고! 이제 질문에 대답 다 했지?"

순서대로 대답하는데 머릿속에서 반짝 아이디어가 떠올랐다.

"은비야, 고마워! 너랑 이야기하면서 중요한 아이디어가 떠올랐어."

그게 무슨 소리냐는 은비의 표정을 뒤로하고 나는 교실을 나왔다. 빨리 집에 가서 외할머니 이야기를 들으려고.

'그래. 주제와 내용을 할머니의 이야기를 중심으로 정리해 보자.'

구체적인 내용은 아직 정리되진 않았지만 큰 줄기 하나는 정해진 느낌이었다.

김선예

삼수

불발된 포탄을 제일 먼저 발견한 건 삼수가 아니라 일수였어. 비행기가 지나가고 난 뒤, 똥 누고 싶다는 핑계로 갑갑한 방공호를 벗어난 일수와 이수, 삼수는 나무하는 할머니 곁에서 잠시 머물다 이내 자기들끼리 빠져나간 거야. 동생들은 동네 어귀에서 마을 아이들과 만나 비행기가 날아간 내연산 쪽으로 내달렸던 모양이야.

"색새기가 저쪽으로 날아갔제?"

"맞다. 보경사 쪽으로 소리가 사라졌다."

형들이 주고받는 소리를 앞질러 삼수가 막 달리더란다. 발이 빠른 아이였거든. 제일 먼저 신작로에 도착한 삼수가 잠시 숨을 고르며 형들이 도착하길 기다렸대. 두 번째로 도착한 일수가 그러더구나.

"헉헉, 아이고, 숨차라!"

숨을 몰아쉬는 일수 뒤로 이수와 다른 아이들도 다가왔고. 그런데 숨 고르기를 하던 일수 눈에 반짝이는 게 들어오더란 다. 그것은 신작로 아래 비탈과 논두렁 사이 수로에 박혀 있더 란다.

"어? 저게 뭐지?"

동네 아이들과 이수는 일수가 가리키는 걸 살피는데 삼수 는 눈보다 몸이 먼저 비탈을 내려간 거야. 삼수는 형제들 중에 몸이 제일 빨랐고 성정도 급했거든. 그만큼 욕심도 많아 아버 지께 늘 야단맞는 것도 삼수였어.

"야, 그거 내가 먼저 봤으니 내 거다!"

일수가 소리를 질렀는데 삼수는 콧방귀를 뀌더란다.

"먼저 줍는 사람이 임자지!"

삼수는 형이 내려와 뺏기라도 할까 봐 얼른 그걸 주워 들더 란다.

맞아! 포탄이었어. 우리 고은이 눈치도 빠르구나.

그런데 포탄을 주워 든다는 게 그만 포탄 뇌관을 뺀 거였어. 빠른 몸과 급한 성정이 그를 죽음으로 내몰고 만 것이었지.

"쾅!"

소리와 함께 방금 사람의 형체를 하고 있던 삼수는 세상에서 사라지고 말았어. 충격으로 일수와 이수, 동네 아이들은 까무러쳤고. 그 소리를 내가 들었던 거야. 포탄이 터진 근처에 있던 다른 아이들이 목숨을 부지하고 큰 상처 없이 살아남은 것은 기적이었지. 삼수가 먼저 포탄을 차지하려고 온몸으로 감싸고 뇌관을 뽑은 게 결과적으로 다른 아이들의 목숨을 부지할 수 있게 만들었던 거지.

할머니와 아버지는 형체를 알아볼 수 없게 조각난 삼수의 몸을 수습해 고구마 밭이 있는 산비탈 양지쪽에 묻었단다. 살아 숨 쉬던 어린 생명이 그렇게 한순간에 사라져버렸지. 총을 겨누고 싸우는 군인들에게도 전쟁은 참혹했지만 어린아이들에겐 더 참혹했어. 아무런 원한도, 어떤 증오도 모르는 어린 생명을 그렇게 앗아가 버렸으니.

이런, 이런! 우리 예쁜 고은이. 우는 거냐? 아직 마음 여린 네게 내가 너무 끔찍한 이야기를 했구나. 그럼 잠시 쉬었다 할까? 아니, 그냥 하라고? 그래. 이야기를 마저 하고 쉬자꾸나.

평소에도 과묵하던 아버지였지만 삼수를 그리 잃고 난 뒤 아버지는 아예 말을 잃어버린 사람 같았어. 엄마도 한동안 밥은 고사하고 물도 넘기지 못했지. 혼이 빠져나간 것 같은 퀭한 눈으로 헛것을 보는 듯 가끔 손을 내젓곤 해서 나는 가슴이 철렁했어. 그런 아버지와 엄마의 정신을 차리게 한 사람은 할머니였어.

"자식이 하나면 모르지만 남은 자식은 어쩌려고 그리 넋을 놓고 있냐, 이 전쟁 통에! 애비가 그러면 어미라도 정신을 차리든가, 어미가 그러면 애비라도 정신을 차려야지! 난리 통에 온갖 사람들이 죽어나가는데. 자식 잃은 마음이야 말도 못 하겠지만 언제까지 그래 있을 거냐!"

삼촌의 죽음을 겪으며 할머니는 모질고 강한 사람으로 변해 있었어. 할머니의 호통이 아니어도, 살아 있는 자식들을 위해서라도 엄마는 강해져야 했어. 엄마는 가까스로 물을 넘기기 시작했어. 처음엔 한 모금, 다음엔 두 모금, 서너 모금, 그렇게 목숨을 이어야 했단다.

나는 눈만 감으면 논두렁에 빨래처럼 널려 있던 삼수의 신체들과, 수로로 흘러들던 시뻘건 핏덩이가 환영처럼 떠올라 눈을 감지 못했어. 가까스로 잠이 들어도 악몽을 꾸고 진땀을 흘리며 깨곤 했단다. 환영에서 벗어나기 위해, 악몽을 꾸지 않으려 쉴 새 없이 일했지. 몸이 고단해 곯아떨어져야 악몽을 꾸지 않았거든.

어디 어른만 그랬겠니? 일수와 이수도 한동안 말을 못 하고 넋이 나간 것 같았어. 걔들은 더했지. 맨 정신으로 견디기 어려운 참혹한 죽음을 봤어도 아직 어려 그런지 속에 생각을 말로 드러낼 줄도 몰랐단다. 일수는 한참 동안 자다가 소리를 지르며 깨더만. 그런 날은 어김없이 자리에 오줌을 쌌고. 이수는 숨소리도 내지 않고 없는 아이처럼 지냈어. 마치 유령처럼. 나는 일수보다 넋 빠진 허깨비 같은 이수가 더 걱정스러운 거야. 그래서 이수에게서 눈을 떼지 못하고 살폈어. 소금물 단지에서 삭힌 풋감도 이수에게 제일 먼저 주곤 했지. 뒤란 감나무에서 떨어진 풋감은 동생들에겐 좋은 간식거리였거든.

"이수야, 이리 와봐."

아직 파란 감 한 알을 이수에게 쥐여줬어.

"얼른 무라. 형이나 동생들 보기 전에."

풋감을 가만히 들고 있는 이수를 재촉했어. 이수가 감을 한 입 베어 물더니 눈에 눈물이 그렁그렁한 거야.

"누나, 이거…… 삼수도 참 좋아했는데……."

나는 목이 칵 메어 이수를 꼭 안았어. 이수는 내 품에서 한참을 울었단다. 실컷 울고 난 이수가 감을 먹으며 보일 듯 말 듯 웃던 모습이 지금도 눈에 선해. 나는 잘 때도 꼭 이수를 곁에 데리고 잤어. 살뜰한 내 보살핌을 받으며 이수는 조금씩 생기가 돌기 시작했지. 그런데 이수를 돌보며 반대로 내가 삼수의 참혹한 주검에서 조금씩 벗어날 수 있었어. 물론 시간이 가장 좋은 치료제였고.

시간이 흐르면서 일수와 이수는 조금씩 두려움을 털고 일어났어. 전쟁의 포화도, 눈만 뜨면 엉겨서 뛰어놀던 피붙이의 죽음도, 자라는 아이들의 자연스러운 생명력을 꺾진 못했지. 어쩌면 일수와 이수는 죽음이 뭔지 잘 몰라 그런지도 몰랐지. 나에게 광견병으로 죽은 작은오빠의 기억이 희미한 것처럼 남은 동생들에게도 차츰 삼수의 기억은 희미하게 옅어졌겠지?

한동안 나도 삼수만 생각하면 저절로 눈물이 흘렀어. 가슴이 저미듯 아프고. 그런 밤이면 수를 놨단다. 등잔불을 밝히고 불빛이 새어나가지 못하게 이불로 문을 가리고 혼자 수를 놨지. 흰 광목에 꽃을 새기고 새와 나비를 새겼단다. 수를 놓을 때만큼은 악몽에서 자유로울 수 있었고 죽음의 그림자에서 놓여날 수 있었거든. 무념무상의 수놓기. 아프고 슬픈 시간을 넘어가는 가장 좋은 방편이었지.

똥손과 금손

- 채고은, 나 좀 꺼내줘!

아침이면 오빠는 거실 화장실에서 샤워를 하고 나는 안방 화장실에서 샤워를 한다. 그런데 거실 화장실에 들어간 오빠한테서 문자가 온 거다. 문이 안에서 잠긴 모양이었다. 한 번씩 말썽 부리던 문이었는데 바쁜 아침에 오빠가 걸린 거다.

드라이버를 들고 간 아빠도 실패. 엄마가 카드를 들고 문틈으로 디밀어 봤지만 문은 꿈쩍도 안 했던 모양이다. 쩔쩔매다 결국 나한테 구조 요청을 보낸 거다. 아! 나는 화장실 갈 때도 폰은 반드시 들고 간다.

나는 그때 안방 화장실에서 샤워 중이었다. 빛의 속도로 옷을 꿰입고 거실로 나갔다. 화장실 문은 드라이버도 카드도 안

먹히는 문인데 엄마 아빠는 안 되는 것만 들고 덤빈 거다. 가는 송곳이나 핀이면 되는데. 화장실 문손잡이 바로 옆에 아주 작은 구멍이 하나 있다. 거길 송곳으로 꾹 누르면 잠긴 게 바로 풀리는데. 내가 너무 쉽게 잠긴 문을 열자 엄마 아빠 입이 떡 벌어졌다. 그런 모습도 이젠 놀랍지도 않다.

"야, 네 덕분에 지각 면했다. 땡큐!"

오빠가 젖은 머리를 털며 나왔다.

"우리 고은이는 정말 금손이야. 누굴 닮았을까? 식구들 모두 똥손인데."

엄마가 카드를 들고 있던 손으로 드라이버를 들고 있는 아빠 손을 가리키며 말했다.

"누굴 닮긴! 할머닐 닮아 금손이지. 엄만 몰랐어? 능력은 한 세대를 건너뛴다는 거."

"맞아! 울 엄마가 금손이지. 수를 얼마나 곱게 잘 놓으셨는데. 요리는 말할 것도 없고. 세상에! 그걸 우리 고은이가 물려받았구나!"

엄마가 호들갑을 떨며 새삼스럽게 나를 바라봤다.

어제 외할머니한테서 수놓는 이야기를 들으며 수수께끼가 풀린 기분이었다. 우리 식구들은 나 빼고 다 똥손이다. 아빠는 형광등 나간 것도 갈아 끼우지 못한다. 오빠도 마찬가지고. 사실 우리 오빠는 공부 말고는 잘하는 게 없다고 봐도 된다. 엄마도 그렇다. 문손잡이 나사가 흔들거려도, 냄비 손잡이가 헐거워도 나를 부른다. 드라이버로 나사만 조이면 되는 간단한 일인데도 할 생각을 아예 못 한다. 그런데 나는 희한하게 그런 게 너무 재밌을 뿐 아니라 척척 고친다. 그게 외할머니 손을 닮아 그런 거였다. 나는 공부보다 무얼 고치거나 만드는 게 훨씬 재밌다. 친구들은 대부분 공부 열심히 해서 좋은 대학 가고 대기업에 취직하거나 돈 잘 버는 직업을 갖는 게 꿈이라고 한다. 더 공부 잘하는 아이들은 의사나 검사, 변호사 같은 잘나가는 직업을 목표로 둔 모양이지만 그런 건 별로 내 흥미를 끌지 않는다. 나는 그냥 행복한 나로 살고 싶다. 내가 좋아하는 일 즐겁게 하면서 평범하게 사는 채고은이 되고 싶다. 그리고 나는 죽기 살기로 공부만 하며 시험 문제 하나로 울고 우는 아이들보다 그런 내가 좋다.

외할머니가 오늘은 어떤 이야기를 하실지 기대된다.

'오늘은 햄버거를 사갈까? 저번엔 피자를 어찌나 맛나게 드시던지 깜짝 놀랐잖아. 할머니랑 햄버거 나눠 먹으며 이야기 들어야지.'

아빠한테 할머니 돌봐드린다고 특별 보너스도 넉넉히 받았으니! 우리 아파트 입구 상가에 있는 엄마손 햄버거는 내 최애 햄버거다. 발걸음이 저절로 빨라졌다.

"고은이 오늘은 일찍 왔네. 할머니 좋아하시겠다. 햄버거도 사오고."

"이모님도 드시고 가실래요?"

"할머니랑 둘이 먹어. 따뜻한 물도 같이 드리고."

요양보호사 이모는 햄버거보다 빨리 가시는 게 더 좋은지 서둘러 나갔다.

"할머니, 우리 햄버거 먹어요. 딱 배고플 시간이잖아요."

"햄버거?"

"저번에 피자도 아주 맛나다 하셨잖아요. 이것도 피자만큼 맛있어요."

할머니는 내가 드린 햄버거를 한 입 드시더니 고개를 끄덕이며 물었다.

"이게 뭐라고?"

"햄버거요. 햄버거! 빵에 고기랑 채소, 치즈 같은 걸 넣어 만든 거예요."

"햄보구……. 맛나네. 참 좋은 세상이다. 이런 맛난 것도 다 먹고."

"할머니 어렸을 땐 이런 음식 없었죠?"

"없다마다. 그땐 뭐 먹을 거나 있었나? 친구가 와도 찐 감자나 고구마 같은 거나 내놓았지. 그것도 철 지나면 먹지도 못했지. 죽으나 사나 밥. 그것도 꽁보리밥뿐이었지. 반찬도 된장이나 장아찌 같은 것뿐이었고. 그마저도 굶지 않고 세끼 다 먹으면 다행이었지.”

“할머닌 그 어려운 시절을 어떻게 살았어요?”

“어떻게 살긴! 그냥 살아야지. 그때는 다 그렇게 살았어.”

나는 고개를 끄덕였다.

'맞아! 그렇다고 죽을 순 없겠지. 누구나 잘 살고 싶지만 누구나 잘 살지는 못하는 세상.'

보고서의 내용이 조금씩 윤곽을 드러내는 느낌이었다.

다시 시작된 폭격

총알이 날고 포탄이 쏟아지는 것보다 더 무서운 건 먹어야 한다는 사실이었단다. 목구멍이 포도청이라는 말도 있지. 총알이 날아다니고 바로 옆에서 사람이 죽어나가도 산 사람들은 먹어야 하니까.

나는 폭격이 멈추고 조용해진 틈을 타 집으로 달려갔어. 엄마는 삼수를 잃은 충격으로 몸이 쇠약해져 빠르게 걷는 것조차 힘들었거든. 식구들이 먹을 밥을 해 나르는 건 온전히 발빠른 내 몫이었어. 밥을 제대로 짓기 어려울 때는 감자, 옥수수 같은 걸 쪄 나르기도 했고. 그것도 여의치 않을 때는 볶은 보리나 밀을 먹었단다.

폭격을 피해 끼니거릴 챙겨 나르는 건 무섭고 아슬아슬한 일이었지. 하지만 그 틈을 이용해 맑은 공기 마시며 숨이라도 크게 쉴 수 있어 좋더구나. 밤이고 낮이고 어두운 방공호에 숨어 있는 건 정말 지긋지긋했거든. 내가 그런데 천둥벌거숭이로 뛰놀던 동생들은 얼마나 더 괴로웠겠어? 삼수의 참혹한 죽음을 겪고도 동생들은 틈만 생기면 밖으로 나가려 버둥거렸어. 식물이 빛을 찾아 줄기를 뻗듯 살아 펄떡이는 아이들도 어두운 방공호에서 뛰쳐나가려 했지.

'전쟁은 언제 끝날까? 의견이 안 맞으면 말로 해서 서로 좋게 타협하고 살면 될 텐데. 죽고 죽이는 전쟁은 왜 하는지 모르겠다.'

그런 생각이 참 많이 들었지. 그날은 어두워지는 부엌에서 밥을 챙겨 담다 주저앉아 울고 싶더라.

"전쟁만 아니면 삼수도 안 죽었을 거고, 오빠하고 올케도 같이 살 텐데. 화자하고 순덕이는 죽었는지 살았는지 알 수도 없고……."

한참 훌쩍이며 우는데 나를 기다리고 있을 식구들 생각이 퍼뜩 드는 거야.

"내가 이러고 있을 때가 아닌데. 부모님이 걱정할 텐데. 동생들도 내가 이고 올 밥만 기다리는데."

서둘러 밥을 퍼 담아 이고 부엌을 나섰어. 꽁보리밥에 반찬은 여전히 된장에 박아둔 콩잎장아찌, 밥솥에 찐 된장찌개가 전부였지.

저녁밥을 이고 방공호로 가다가 다시 가슴이 쿵! 내려앉는 거야. 멀리 수평선에 무언가 커다란 것이 점점 동네 앞바다로 다가오고 있는 거야.

"저, 저게 뭐지?"

밥 소쿠리를 인 채 그 자리에 붙박여 바라보는데, 하나로 보이던 큰 물체가 점점 그 형상을 드러내며 다가왔어.

"하나, 둘, 셋, 넷. 아이고! 네 척이다, 네 척!"

나는 발등에 불이 붙은 것처럼 달렸어.

"아버지, 아버지!"

다급한 부름에 놀란 아버지와 가족 모두가 방공호 밖으로 나왔어.

"저기요, 저거 좀 보세요!"

내가 가리키는 바다를 본 아버지의 눈도 놀라움으로 흔들렸어.

그렇게 큰 배는 처음이었거든. 바닷가 가까이까지 다가온 배가 어찌나 큰지 거대한 산을 옮겨다 놓은 것 같았어. LST라 부르는 군함이었어. LST는 바다에서 해안선 가까이 접근해 전차와 군인들을 육지로 내보내거나 육지에서 철수하는 군인과 장갑차와 포 등을 실어 나르는 군함이야. 나도 그런 군함을 LST라 부른다는 걸 나중에야 알았지.

"쫌만 있으면 유엔군이 우리나라 군인하고 힘을 모아 북한군을 몰아내는 작전을 한다던데요."

아버지를 따라 나온 일수가 어디선가 주워들은 이야기를 옮겼어. 방공호에 숨어 있는 상황 속에서도 일수는 그런 소문을 잘도 물어다 날랐거든.

"우리 동네 앞바다가 제일 깊대요. 그래서 저런 에레스티 (LST)가 바닷가 가깝게 들어올 수 있어 합동 작전 연습을 하는 거래요."

일수는 온갖 정보들을 줄줄 쏟아놨어. 아직 어린아이라고 무시했는데. 삼수의 참혹한 죽음을 곁에서 지켜본 일수는 하루아침에 어른이 된 것처럼 말이야.

"유엔군이 우리 동네로 상륙해서 북한군을 몰아낼 거라던데요."

일수는 내친김에 자기가 알고 있는 모든 정보를 다 털어놓을 모양이었어.

"너는 그런 소리 어디서 듣고 오니? 다른 사람들한테 그런 말 함부로 했다가 큰일 날지도 몰라."

내가 본능적인 두려움으로 일수를 조심시키는 것과 동시에 '철썩!' 소리가 났어. 아버지가 일수의 뺨을 후려친 것이었지.

"허억!"

일수가 비명을 지르며 저만치 나가떨어졌어. 아버지가 눈을 부라리며 고함을 질렀어.

"이노무 새끼! 그런 거는 군사 비밀일 텐데 누가 그런 말을 하던? 들은 소리라고 다른 데서 함부로 나불거리다 큰일 나려고. 이럴 때일수록 입 함부로 놀리면 안 되는 거 모르냐!"

삼수를 그리 험하게 잃은 뒤 아버지는 눈에 띄게 과격해져 자식들에게 손찌검까지 했어. 아버지의 호통에 일수는 엉금엉금 기어 할머니 뒤로 숨어들었어. 할머니는 일수를 감싸 안으며 조용히 타이르셨어. 삼수를 잃고 정신 줄 놓고 있는 아버지와 엄마한테는 모진 말로 호통 치던 할머니였지만 손주를 감싸는 건 역시 할머니였지.

"일수야, 말 한 마디로 천 냥 빚도 갚지마는 사람은 말로 큰 화를 입기도 하니라. 전쟁 때는 특히나 말조심해야 한단다. 그런 말을 들었어도 다른 사람들한테 함부로 말했다가는 쥐도 새도 모르게 잡혀가거나 죽을 수도 있으니 조심, 또 조심해야 해!"

일수는 할머니의 조용조용한 말을 다소곳하게 듣고 있었어.

한낮에 바다에서 불어오던 바닷바람은 이제 방향을 바꿔 내연산 쪽에서 산바람이 바다로 불었어. 바람은 산속 어디선가 진을 치고 있을 북한군들을 염탐한 것처럼 대기가 불안하게 흔들리기 시작하더구나.

"어서 들어가자. 큰일이 날 모양이다."

아버지는 식구들을 데리고 방공호로 들어가 출입문을 꼭꼭

닫아걸었어.

그날 밤부터 헬리콥터들이 막 하늘을 날아다니기 시작하는 거야.

"타타타타타타…… 타타타타타타."

"두두두두두두두……."

땅이 울리는 그 소리에 우린 밤새 한잠도 못 잤단다.

"쇄애애액……."

폭격기가 한밤중에도 대기를 찢었고 멀리서 가까이서 포탄 터지는 소리와 총소리가 고막을 흔들었어. 새벽에 잠깐 나와 보니 군인들을 태운 트럭들이 줄지어 배 안으로 들어가는 거야.

"낙동강까지 내려온 북한군을 막느라 지금 유엔군하고 국군이 죽을힘을 다해 싸우는 모양이다. 광수를 괜히 피란 보낸 것 같다. 포항이 더 난리 난 모양인데. 차라리 우리하고 같이 숨어 지내는 게 더 나았을지도 모르는데."

아버지는 평소의 과묵한 모습을 잃어버린 듯 초조하게 말했어. 삼수의 죽음을 겪은 뒤 아버지는 속마음을 쉽게 드러내셨어. 이전의 아버지에게선 볼 수 없던 모습이었지.

"아이고……. 어쩜 좋아!"

엄마는 그저 한숨만 쉬며 안절부절못했지만 속수무책이었지. 과묵하던 아버지가 함부로 말하는 모습을 보니 내 마음이 더 불안해. 우리 식구들은 방공호에서 숨도 제대로 못 쉬고 그날 밤을 자다 깨다 하며 보냈어. 이틀 동안 집으로 가지도 못했지. 포격 소리가 밤낮없이 들리고 장갑차와 트럭들이 줄지어 지나가는 통에 방공호를 나갈 수가 있어야지. 세상 종말이 온 것처럼 무섭고 두려운, 기나긴 시간이었어. 식구들은 미리 준비해 놓은 볶은 보리와 밀을 먹으며 그 시간을 견뎌야 했어.

밤낮없이 퍼붓던 총소리와 포격 소리가 어느 순간 뚝 그쳤어. 밤새도록 하늘을 찢던 색새기의 굉음도, 지축을 흔들던 헬리콥터 소리도 사라졌고.

"세상이 어찌 이리 조용할꼬? 내가 나가봐야겠다. 우리 소는 어찌 됐나 모르겠다."

할머니가 제일 먼저 방공호를 나갔어. 솔숲에 숨겨둔 암소와 송아지가 무탈한지 살피러.

"어머니, 조심하세요."

아버지도 할머니 뒤를 따라 방공호를 나가고 나도 엄마와 동생들과 함께 방공호를 나갔어. 세상에! 독석 앞바다에 떠 있던 거대한 그 군함들은 어디로 갔는지 흔적조차 없고 세상이 쥐죽은 듯 조용한 거야.

"찌이이잇, 찌이이잇, 찟, 찌이이……."

"매앰, 매앰, 매에에에……앰."

고요함을 가르고 한여름 매미 소리가 자글거렸어. 인간들이 무슨 일을 벌이건 자기 일을 할 뿐이라는 듯 자연은 자연스럽다 못해 능청스럽기까지 했지.

나는 매미 소리를 처음 듣는 것처럼 사방을 둘러봤어. 아! 여름 햇살이 플라타너스 잎 사이로 눈부시게 반짝이는 게 어찌나 예쁘던지! 반짝이는 잎도 푸른 하늘도 흰 뭉게구름도 눈물겹게 반가웠어. 시끄러운 매미 소리조차 아름다운 노래처럼 들렸으니 말이다. 총소리, 포탄 터지는 소리만 아니라면 뭐든 다 좋았어. 산들거리며 부는 바람이 너무 달달해 나는 자꾸만 코를 킁킁거렸지.

"엄마, 누나, 우리 암소하고 송아지가 잘 숨어 있었네요. 살아 있어요!"

일수가 제일 먼저 달려와 기쁜 소식을 알려주었어.

"할머니가 암소하고 송아지 끌어안고 막 울고 있어."

이수가 따라 울먹이는 걸 보니 나도 눈물이 막 나려는 거야. 할머니가 목숨처럼 아끼는 암소와 송아지였거든. 그 말 못하는 짐승들이 포격 속에서 어찌 견뎠을지 애간장이 다 녹았지, 뭐.

주위를 살피던 아버지가 가족들을 보고 일렀어.

"어머니, 제가 마을에 가서 어찌 됐는지 살피고 올게요. 그때까지 조금만 더 숨어 있으세요."

우리는 다시 방공호로 들어가 아버지가 올 때를 기다려야 했어. 잠깐 동안이었지만 맑은 바람을 쐰 것만으로도 나는 살

것 같더라.

아버지는 잠시 뒤 방공호로 돌아오셨어.

"어머니, 이제 나오셔도 되겠어요!"

아버지는 그 말만 하고 앞장서 걸어갔어. 달리는 것처럼 빠른 걸음이었지. 할머니는 일수와 함께 소를 데려오고 나는 엄마와 함께 동생들을 데리고 집으로 갔단다.

집에 도착한 나는 또 한 번 기절할 듯 놀랐어. 안방은 물론이고 건넌방과 아래채, 마당까지 온 집에 피 묻은 붕대와 천 쪼가리가 널려 있는 거야. 엄마가 아버지를 부르며 비명을 질렀어.

"아이고, 여, 여보! 이, 이게 뭐예요? 집이 왜 이렇죠?"

"국군들이 우리 집에서 부상당한 군인들을 치료한 모양이네."

먼저 집 안팎을 둘러본 아버지가 뒤란 쪽에서 나오며 중얼거렸어.

"집이 동네 초입에 있다 보니 군에서 임시 병원으로 사용한 모양이다."

우리 집은 다른 집보다 마루와 마당도 넓고 아래채까지 있었거든. 군에서 임시 야전 병원으로 충분히 사용할 수 있는 집이었지. 아버지를 따라 집을 둘러보던 할머니가 소리를 질렀어.

"선예야, 광에 쑥 말려 놓은 거 좀 가져오너라."

할머니는 소매를 걷어붙이고 방마다 다니며 피 묻은 걸레와 붕대들을 쓸어 모았어.

"쯧쯧쯔……. 애먼 목숨들이 얼마나 죽고 다쳤을꼬?"

할머니는 중얼거리며 그것들을 뒷마당으로 가져가 불을 질렀어. 희끄무레 누런 연기가 공중으로 흩어지며 부상당하거나 죽어간 병사들의 흔적을 지워갔단다.

"할머니, 쑥 여기 있어요."

나는 광 한구석에 있던 마른 쑥을 가져다 드렸어. 할머니는 방마다 소금을 뿌리고 마른 쑥을 꽁꽁 뭉쳐 불을 놓았어. 뭉쳐진 쑥은 화르르 타오르지 않고 빨간 불티만 보이면서 연기를 피워 올렸어. 방마다 마루, 마당, 외양간까지 온 집이 쑥 연기와 쑥 냄새로 가득 차며 피와 고름 냄새를, 죽음의 냄새를 지웠지.

"연합군들이 우리 동네 앞바다에서 대규모 철수 작전을 했다네요."

그사이 아버지는 동네를 돌며 피란가지 않고 남아 있던 사람들을 만나 소식을 듣고 오신 거야.

"맥아더 장군이 이끄는 연합군이 곧 총공격을 할 모양입니다. 연합군이 독석으로 들어올 거라 상륙 연습을 했다는 소문도 있고요. 아마 전쟁이 곧 끝날 것 같아요."

"아버지, 제 말이 맞았지요?"

일수가 자기가 주워듣고 전한 소문이 틀리지 않았다고 나섰어.

"허 참! 그 녀석! 우리나라 국군들이 유엔군하고 북한군 허리를 잘라 위로도 치올라 가고 또 아래로도 쳐내려오면 북한군은 이제 독 안에 든 쥐지! 허허허헛."

아버지는 곧 전쟁이 끝날 거라는 소문에 기분이 들떠 헛웃음을 웃으며 전쟁의 판도까지 설명하셨어. 삼수를 잃고 식음을 전폐하던 아버지. 일수에게 손찌검까지 하던 아버지. 전쟁이 끝날 거란 기대에 장황한 예측과 헛웃음까지 쏟아내는 아버지가 예전에 그렇게 과묵하고 든든했던 아버지와 같은 사람이라는 게 믿기지 않는 거야.

그러나 아버지가 듣고 온 소문도, 일수가 물어다 나른 소문도 그냥 소문일 뿐이었어.

독석 앞바다까지 들어온 LST 네 척은 군인들과 아군의 무기를 구룡포로 철수시키기 위해 투입된 것이었지. 전쟁이 터지고 동해안 국도를 지키던 국군이 북한군에게 포위되자 미 해군과 공군의 지원을 받아 만여 명의 군인들과 군수 물자를 철수시킨 작전이 이틀간 우리 동네 앞바다에서 벌어진 거였어.

'사람 목숨이 파리 목숨 같은 전쟁판이잖아. 총에 맞아 죽은 사람들. 포탄이 터져 흔적도 없이 사라진 사람들. 죽음은 천지 사방에 널려 있는데! 살아남은 사람들도 오늘 죽을지, 내일 무슨 일이 생길지 한 치 앞도 내다볼 수 없는 날들 아니가. 남은 식구들이 이렇게 하루하루 견디고 있는데, 전쟁이 곧 끝날 거라니 얼마나 다행이고!'

그리 생각하니 아버지의 들뜬 모습도 이해 못 할 바는 아니었지.

"참말로 그리 되면 얼마나 좋을꼬. 우리 광수도 집으로 올 테고……."

할머니와 엄마는 광수 오빠가 집으로 돌아올 거라 벌써부터 기대를 하고 있었어.

'그리 되면 오빠하고 올케도 집으로 돌아오고 화자하고 순덕이도 다시 만나고!'

나는 간절한 마음으로 손을 모았어. 하루빨리 예전처럼 식구들이 한집에 모여 살고 친구들과 웃으며 만날 수 있는 날이 오길 기도했지.

며칠 만이었지만 식구들은 보리밥일망정 뜨신 밥 지어 편히 먹고 편안한 잠자리에 몸을 뉘일 수 있었단다. 나는 이렇게 전쟁이 끝나면 얼마나 좋을까 생각하며 모처럼 깊은 잠 속에 빠져들었지.

저마다 다른 행복

공부도 잘하는데 운동까지 잘하는 친구. 필통에 고급 펜을 가득 채우고 비싼 운동화, 고급 책가방을 들고 다니는 친구. 키 크고 성격 좋은 데다 잘생기기까지 해 주변에 친구들이 끊이지 않는 친구. 나보다 노래도 잘하고 기타나 바이올린, 첼로 같은 악기 하나쯤은 전문가 수준으로 연주하며 운동까지 잘하는 친구. 잘나가는 부모님을 둔 친구. 말을 또박또박 논리적으로 잘하는 친구들까지. 나는 내 주변의 그런 친구들을 보며 모두가 행복할 거라 생각했다.

그런데 외할머니 이야기를 듣고 보니 사람은 그런 걸로 행복을 느끼는 게 아닌 것 같다. 진짜 행복은 나와 가족 모두가 하루하루 안전하게 살 수 있는 게 아닐까! 안전한 사회, 안전한 세상에서 내가 하고 싶은 걸 방해받지 않고 할 수 있어야

피아노도 맘껏 칠 수 있고 그림도 맘 놓고 그릴 수 있지 않을까? 친구를 사귀는 것, 공부하고 즐겁게 노는 것도 그런 게 먼저 갖춰져야 가능한 거 아닐까?

"얘가, 얘가! 무슨 애늙은이 같은 소릴 하는 거야?"

은비는 내가 하는 말을 듣고 있다가 더는 못 참겠다는 듯 소릴 질렀다.

"네가 진정한 행복이라고 한 것들은 사람이 살아가는 데 가장 기본적인 요건이야! 그걸 누리게 해주지 못하는 사회나 국가는 제대로 된 사회, 국가라 할 수 없는 거야, 이 바보야!"

"그런데 은비야, 다시 한번 생각해 봐. 지금 그런 걸 제대로 누릴 수 있는 나라가 과연 얼마나 될까? 우리는 그럴 거라 믿는 것이지 진짜 그런 나라는 잘 없는 것 같아. 전쟁 때문에 가족들이 죽거나 다치고 뿔뿔이 흩어져 고통스럽게 사는 사람들도 정말 많잖아."

은비가 놀랍다는 표정을 지으며 고개를 갸우뚱거렸다.

"물론 지금도 전쟁 중인 나라가 있긴 하지만……. 야, 채고은. 너 무슨 생각을 하고 있는 거야? 당최 이해가 잘 안 되는 소리만 하고 있으니! 좀 쉽게 이야기해 봐! 똑똑한 너님께서 이 머리 나쁜 나님 같은 친구를 위해서!"

은비의 재촉에도 나는 내 계획을 털어놓지 않았다. 숨겨야 할 비밀이어서가 아니라 아직 정확하지 않은데 말을 먼저 앞

세울 수 없었다.

"어쩌면…… 이번 사회 보고서 주제를 정할 수 있을 거 같아."

나는 에둘러 두루뭉술하게 말했다.

"무얼 할 거야?"

"아직 확실하진 않은데 조금씩 가닥이 잡히는 것 같아."

"오올! 그으래?"

"할머니 덕분에 할 수 있을 것 같아."

"너 혹시 보고서 주제가 '인간의 행복은 어디서 오는 걸까?' 이런 거 아니니?"

"어? 눈치챘니? 그거 비슷할 거 같은데!"

"야, 이 고은비가 누구냐? 구백구십구 단의 눈치를 장착하신 분이시잖냐."

"뉘예! 알고 말굽쇼!"

은비의 너스레에 내가 장단을 맞춰주며 우리는 깔깔 웃었다.

"채고은, 너 한 가지 명심해! 인간은 저마다 생각하는 게 다르고 모두 다른 기준을 가지고 있어. 따라서 추구하는 행복도 저마다 다를 수 있다고! 너는 뺨을 스치는 바람과 따뜻한 햇살 속에서 활짝 핀 꽃만 봐도 행복하다는 느낌을 받지만, 어떤 사람은 좋은 차를 타고 돈을 많이 벌어야 행복하다고 느낄 수도 있는 거야. 나, 고은비는 절친 채고은과 떡볶이를 먹으며 수다를 떨 때 행복을 느끼고 말이야. 너의 보고서를 위해 이 몸이 아낌없는 팁을 나눠주신 거야."

"귀한 팁 감사! 참고할게. 내 곁에 너 같은 친구가 있어 난 참 행복해. 호호호."

나는 은비와 문구점 앞에서 떡볶이를 먹고 헤어졌다. 빨리 집에 돌아가 외할머니가 하는 이야기를 듣고 싶어 떡볶이 먹는데도 어찌나 조바심이 나던지!

그러나 내 조바심은 보기 좋게 어긋나고 말았다. 외할머니 컨디션이 안 좋아 내내 주무시느라 이야기를 들을 수가 없었다.

'할머니, 빨리 일어나세요. 과제를 하려면 할머니의 이야기를 들어야 해요.'

나는 주무시는 외할머니를 보며 속으로 중얼거렸다. 그러다 나의 이기적인 욕심에 깜짝 놀랐다. 얼굴이 화끈거렸다. 요양보호사 이모님도 가시고 집에 아무도 없어 다행이었지 뭐람. 다음 날은 토요일이었다. 다행히 외할머니는 기력을 회복하신 듯 컨디션이 좋아지셨다. 그날은 종일 외할머니 곁에서 이야기를 들을 수 있었다. 왕재수였다.

화자

"선예야……."

잠결에 누가 부르는 거야. 어찌나 조심스러운 목소린지 첨 엔 잘 못 들었지.

"서, 선예야, 자나?"

벌떡 일어났어. 화자 목소리였거든. 방문을 여니 한여름 달 빛이 먼저 방 안으로 왈칵 밀려 들어왔어. 달빛을 등지고 서 있는 사람은 분명 화자였어.

"화자 아니니? 아이고, 화자야! 네가 어째서 여기 있니?"

화자는 내 방 앞 댓돌 위로 쓰러지듯 풀썩 주저앉았어. 맨 발로 뛰어나가 화자를 방 안으로 부축해 들였어.

"너…… 큰집으로 피란 간다더니! 언제 왔어?"

"나, 무…… 물 좀!"

바로 부엌으로 달려가 두멍 안에 물을 한 바가지 떠다 화자에게 내밀었지.

"꿀꺽꿀꺽……."

물 넘어가는 소리가 방 안을 가득 채웠어.

"하아……!"

목을 축인 뒤 화자는 그제야 숨이 쉬어지는 듯 긴 숨을 내쉬었어.

"어찌 된 거니? 부모님은 어디 가시고? 왜 너 혼자 여기 왔어?"

마음이 급하니 다그치듯 질문이 쏟아져 나왔어.

"큰집에 갔더니 큰집 식구들 전부 어디론가 피란 가고 없었어. 그 집에서 한동안 있다가 마을 사람들이 전부 부산으로 피란 간대서, 우리도 다시 따라서 피란 가는데……. 길에 피란 가는 사람들이 얼마나 많은지……. 색새기가 날아다니며 총을 쏴서 피란민들이 뿔뿔이 흩어지고, 사람들이 넘어지고 엎어졌는데 그 위로 막 밟고 도망가고……."

화자는 반쯤 넋이 나간 상태로 띄엄띄엄 말을 이었어.

"너희 부모님은?"

화자가 고개를 저었어.

"나는 어찌어찌 사람들을 따라 산으로 올라가 숨었는데……. 흩어지면서 부모님을 놓치고 말았어. 아무리 찾아도 안 보이고……. 죽은 사람들도 다 살펴봤는데 안 보여. 아마 부산으로 가셨지 싶은데 어디로 어떻게 가서 찾을지 몰라서……. 나 혼자서 갔던 길 도로 돌아서 고향으로 온 거야. 집에…… 내가 집에서 기다리고 있으면…… 부모님이나 오빠네 식구들이 안 오시겠나 싶어서.”

화자는 울먹이며 가까스로 말을 끝내고 다시 긴 숨을 내쉬었어.

“아이고! 그 먼 길을 혼자! 얼마나 고생했니.”

나는 화자를 꼭 안았어. 그새 종잇장처럼 얇아진 화자가 품에서 울먹이는데 내 맘이 얼마나 아프던지.

“집에 가려니 무서워서…… 너한테 먼저 온 거야.”

“잘했다. 내일 아침 날 밝으면 너희 집에 같이 가자.”

“우리 집은 괜찮니?”

“그래. 다행히 우리 동네 집들은 다 괜찮다.”

내 대답에 마음이 놓이는지 화자는 이내 잠이 들었어. 몸이 얼마나 지치고 고단했으면 싶어 한동안 잠든 화자의 얼굴에서 눈을 떼지 못했어.

“이 전쟁 통에 혼자 어떻게 집까지 왔는지 믿기지가 않네.”

잠든 화자의 손을 살며시 잡고도 꿈만 같은 거야.

다음 날, 동트기 전에 우리는 화자네 집으로 갔단다. 집은 화자가 떠나기 전 모습 그대로 있었어.

"아이고, 세상에!"

화자는 마당으로 들어서면서부터 울먹였어. 방 안은 물론이고 혹시나 하고 부엌과 뒤뜰까지 샅샅이 살폈지만 부모님 모습은 보이지 않았지.

"전쟁 끝나면 안 돌아오시겠나. 그동안 집 지키면서 기다리자."

내 위로에 화자가 환하게 웃더라.

"이제 됐다. 피란 갈 때 숨겨놓은 양식도 있고, 우리 집인데 나 혼자 얼마든지 지낼 수 있어."

"오늘 아침은 우리 집 가서 먹자."

"아니다. 밥은 내가 해먹으면 되고. 나중에 할머니하고 부모님께 인사드리러 갈게. 행색도 거지꼴인데. 좀 씻고 정신 차려서."

그 말을 들으니 얼마나 맘이 놓이던지.

"그래. 네가 돌아와서 얼마나 좋은지 모르겠다. 친구도 없고 혼자 외로웠는데. 하루도 너랑 순덕이 생각 안 한 날이 없었어."

"나도 네가 제일 보고 싶었어. 집에 가면 네가 있을 거라 생각하니 힘이 나더라."

우리는 서로의 손을 꼭 잡았단다.

정오를 조금 넘긴 시간이었을 거야. 다시 우리 집에 온 화자는 말끔하고 단정한 차림이었어. 그러나 터져서 검게 딱지가 앉은 입술과 이마에 긁힌 상처까진 숨기지 못했지. 화자는 부모님과 할머니께 인사를 드렸어.

"그래, 혼자 여까지 오느라 얼마나 고생했니. 아이고, 애썼다! 장하다."

할머니는 화자의 등을 쓰다듬으며 다독였어.

"안강하고 포항 쪽에 전투가 심하다던데……?"

엄마가 조심스럽게 물었어. 화자는 부르르 몸서리를 치며 띄엄띄엄 말을 잇더라.

"낮에는 미군 전투기가 기관총을 쏘며 날아다니니 북한군이 꼼짝도 못 하고. 밤이면 다시 북한군이 마을을 차지하고. 양식이고 뭐고 닥치는 대로 가져가고 그랬어요. 밤낮으로 주인이 바뀌는 통에 사람들이 다 피란 가고……."

화자 목소리가 가늘게 떨렸어.

"거기는 안전할 줄 알았더니. 더 심했구나."

화자가 겪은 고생이 그대로 느껴졌어.

"형산강에서 포항 학도병들이 북한군들하고 강을 사이에 두고 마주 보며 싸우다가 말도 못 하게 죽었다는 소문을 들었어요. 북한군도 수도 없이 죽고. 강물이 피로 시뻘겋게 되고 학도병이고 북한군이고 할 거 없이 죽은 사람들이 강을 가득 메울 정도였다는 소문도 있고요."

화자가 전해준 소문에 엄마와 할머니 얼굴이 사색이 되었어. 나는 어른들의 표정을 살피다 앞질러 물었어.

"그래, 너는 혼자 어떻게 왔어?"

"걸어서 왔지. 밤에는 빈집이나 헛간 같은 데 자고. 운 좋으면 피란 안 가고 있는 사람들한테 밥도 얻어먹고."

"아이고, 이만저만 고생이 아니었구나."

엄마는 화자의 손을 끌어다 잡았어.

"잘했다. 잘했다! 참말로 조상이 보살폈다."

할머니가 보이지 않는 누군가에게 절하듯 두 손을 모으시는 거야.

전쟁은 모든 가정을 송두리째 흔들거나 뿌리째 뽑아버렸지. 엄마도 할머니도 피붙이를 잃고 반은 넋 나간 사람처럼 사는 나날이었지. 죽음이 그림자처럼 따라다니고 삶과 죽음은 손바닥과 손등처럼 붙어 다녔단다.

집으로 돌아가는 화자를 배웅하며 손을 꼭 잡았어.

"이제 너하고 같이 수놓을 수 있게 됐네."

"그래. 어두워지기 전에 밥 먹고 내가 너희 집으로 올게."

"그래, 혼자 무서울 건데 수놓다가 잠은 우리 집에서 같이 자고 아침 일찍 너희 집에 가면 되겠다."

마주 잡은 손을 통해 간절한 소망과 바람이 서로에게 전달되는 느낌이었지. 전처럼 모여서 수놓으며 이야기꽃 피울 수

있기를. 피란 간 오빠와 올케가 무사하길! 가족들이 무사히
집으로 돌아오길! 하루빨리 전쟁이 끝나 더 이상 죽거나 다치
는 사람 없이 예전처럼 웃고 티격태격 다퉈가며 살 수 있기를.
그러나 함께 수놓으려는 소망은 며칠 더 기다려야 했단다.

성적과 우정

"채고은, 과제는 잘 나가고 있어?"

월요일, 학교 가자마자 은비가 내 자리로 와 물었다. 은비는 아직 무얼 할지 방향도 못 잡고 있는 것 같았다.

"뭐, 그럭저럭. 가까스로 방향은 잡은 것 같은데. 너는?"

나는 은비 표정을 살피며 물었다.

"그게 말이야, 저……."

은비는 잠시 망설이다 결심한 듯 말을 꺼냈다.

"혼자 하려니 능률이 안 올라도 너~어~무! 안 올라요. 채고은. 우리 보고서 같이 안 할래?"

"어……? 그, 그게……. 글쎄?"

나도 모르게 머뭇거려졌다.

"야~아! 함께하면 더 효율적일 수도 있어. 사진이나 필요한 기사 같은 거 수집하는 거, 내가 그런 거 잘하잖아. 넌 무얼 할 건지 방향을 정하고 주제 같은 걸 잘 잡으니 우리 둘이서 힘을 합치면 완벽하지. 으응?"

은비가 잔뜩 콧소리까지 내가며 나를 설득시키려 들었다.

AI로 대변되는 4차 산업, 온난화로 몸살을 앓는 지구 환경, 지구촌 곳곳에서 벌어지고 있는 전쟁과 난민, 일본의 핵 오염수 방류로 대변되는 핵 문제 등 큰 문제 중에서 '전쟁'이라는 한 가지 주제를 정하긴 했다. 물론 외할머니의 이야기를 들으며 결정한 거다. 거기서 어떤 줄기를 잡을지도 대충 정해졌는데. 주제만 정해지면 자료는 요즘 인터넷에서 얼마든지 구할 수 있다. 그런데 나는 인터넷에서 구하는 자료보다 전쟁을 겪은 외할머니의 이야기를 통해 무언가 이야기하고 싶었다.

은비의 요청은 내가 차린 밥상에 자기도 숟갈을 놓겠다는 말이나 마찬가지였다. 그걸 내가 어떻게 받아들여야 하지? 성적하고 바로 연결된 과젠데. 은비의 요구는 누가 들어도 억지스럽고 염치없는 요구였다. 거절하자니 절친 사이가 금갈 것 같고, 들어주자니 내 기획과 아이디어를 은비와 나눠야 했다. 혼자 하고 은비와 불편한 관계가 되는 것과 은비와 같이 하면서 계속 평화로운 관계를 유지하는 것. 어느 쪽이 더 나을지 저울질하느라 머리를 빠르게 굴렸다. 점수는 나중 문제였다.

"그닥 내키지 않은 모양이네?"

은비가 샐쭉거렸다. 눈치 999단 은비가 내 맘을 모를 리 없다. 나는 얼른 표정을 수습했다.

"뭐, 100퍼센트 내키는 건 아니지만, 네 생각도 보태면 혼자보다 더 좋은 결과물이 나올지도 모르지!"

내 말에 은비 얼굴이 아침 햇살처럼 환해졌다.

"채고은! 역시 넌 똑똑한 친구야. 혼자보다는 둘이 머릴 맞대면 훨 나은 결과물을 낼 수 있을 거야. 그리고 넌 내 절친이잖아! 어려움에 처한 친구를 외면하지 않을 거라 생각했어. 호호홋."

은비가 감동 먹은 표정으로 나를 덥썩 안았다.

'방법이 없지 않나! 싫다면 그동안 쌓아온 평화에 금이 갈텐데. 내가 좀 손해 보는 것 같지만, 나는 평화주의자. 평화를 더 중요하게 여기는 사람이니까!'

어쩐지 내가 좀 괜찮은 사람 같은 느낌이 들⋯⋯려⋯⋯다⋯⋯ 새로운 의문이 올라왔다.

'우정을 위해서라지만 한쪽의 일방적인 손해나 양보를 담보로 한 평화. 이게 정말 바람직한 관계일까?'

'일방적인 양보는 아니지. 은비의 아이디어로 더 좋은 결과물을 낼 수 있다는 믿음이 있으니! 내 걸 주면 네 것도 나온다는 믿음. 그러네. 믿음과 평화는 세트 메뉴구나.'

'나와 은비는 친한 친구사이라지만 친구가 아니더라도, 나

라와 나라 사이에도 서로가 평등한 관계가 돼야 그 관계를 평화로운 상태로 유지할 수 있는 게 아닐까?'

'그러고 보니 평화란 참 쉬운 것 같으면서도 얻기 어려운 문제네. 세계 곳곳에서 일어나고 있는 전쟁만 봐도 그렇지.'

잠시 생각에 빠져있던 나는 마음을 정하고 은비에게 질문을 했다.

"은비야, 평화의 반대는 뭘까?"

"야! 채고은, 너 그걸 질문이라고 하는 거니?"

"아니야, 내겐 네 대답이 중요해서 물어본 거야. 같이 과제할 거니까 네 생각도 들어봐야지."

"분쟁! 또는 전쟁이지! 초딩도 그 정도는 대답할 수 있어!"

"그렇지? 그럼, 전쟁은 왜 일어날까?"

"그, 그거야……. 미움과 욕심. 자기 나라만 잘 먹고 잘 살겠다는 욕심. 뭐…… 그런 거 때문 아닐까?"

은비는 살짝 당황하면서도 생각을 잘 얘기했다.

"그렇겠지? 그런데 지금도 전쟁은 세계 곳곳에서 일어나고 있잖아. 전쟁을 일으킨 나라의 지도자들은 전쟁으로 그 목적을 이룰 수 있을까?"

"글쎄? 으음……. 그걸 우리가 어떻게 알겠어?"

"그렇지? 우리 같은 보통 사람들은 그런 것까지 알 수는 없겠지. 그럼, 전쟁은 누구를 위한 걸까? 전쟁으로 나라의 이익을 얻는다고 하더라도 나라의 이익을 위해서 개인의 행복이 희생되는 건 옳은 걸까?"

"맞아! 맞아! 나도 뉴스 보면서 그런 생각 살짝 들더라. 전쟁으로 민간인들이 막 죽고 그러잖아. 아무리 국가의 이익이 생긴대도 개인의 행복이 희생되는 건 아니라고 봐! 내 생각은 그래."

은비는 똑 부러지게 자기 의견을 말했다.

"그럼 평화는 어떻게 얻을 수 있을까?"

"우선 내 실력을 갖춰야 가능하겠지? 힘없으면 잡아먹히잖아. 동물도."

"맞아. 또? 인간은 동물과는 다르잖아."

"힘과…… 힘이 없으면 지혜라도 있어야겠지? 또 뭐가 있지? 뭔가 알 것 같은데 말로 표현을 못 하겠어."

은비가 고개를 갸웃거렸다.

"그렇지? 나도 그래. 우리 과제 주제를 '전쟁'으로 하면 어떨까? 너무 거창한 것 같지만 함께 고민해서 우리 수준에 맞는 보고서를 작성하면 될 것 같은데?"

내 제안에 은비가 눈을 반짝이며 호들갑스레 말했다.

"역시! 지구촌 곳곳에서 벌어지고 있는 전쟁 뉴스를 보며 얼마나 맘 아팠는데."

은비랑 정확하게 마음이 통했다. 혼자 생각하는 것보다 함께 의논하길 잘했다 싶었다.

"할머니가 우리 집에 계시잖아. 요즘 할머니한테서 옛날 6·25 때 이야기를 듣는데, 나는 할머니가 겪은 전쟁 이야기를 정리할게. 너는 전쟁에 관한 일반적인 내용, 방금 우리가 나눈 이야기를 잘 정리해 봐."

"오올! 역시 채고은! 멋지다. 이성과 감성이 적절히 조합된 시사 보고서가 되겠는걸!"

"그건 다 돼봐야 아는 거고. 미리 김칫국부터 들이켜지 말고."

우린 하이파이브를 하며 헤어졌다.

내 기획과 아이디어라지만 외할머니의 이야기를 가지고 하는 거니 그건 순전히 나의 운이었다.

"내게 주어진 운을 독차지하는 것보다 나누면 더 나은 결과물이 나올지도 몰라."

스스로에게 다짐하듯 말했다. 입 밖으로 내어 말하니 손해 보는 것 같던 마음이 깨끗하게 사라졌다. 할머니의 이야기는 개인의 경험담이라 잘못하면 감상적으로 흐를 수도 있지만 은비가 균형을 잘 잡아줄 것 같았다.

"그래! 함께 하길 잘했어!"

집으로 가는 발걸음이 더 없이 가벼웠다.

다시 나타난 북한군

독석 앞바다를 그득 채웠던 군함과 군인들이 하루아침에 흔적도 없이 어디론가 사라진 다음 날, 기다렸다는 듯 북한군들이 마을에 들어왔단다. 내연산 깊숙한 곳에 자리 잡았던 북한군들이 연합군과 대규모 전쟁을 치르고 국군이 물러가자 이번엔 마을까지 내려온 것이었어.

"보소, 아이들 데리고 다시 숨어야 되는 거 아인교?"

엄마가 두려움 가득한 목소리로 물었어.

"색새기가 민간인이고 군인이고 움직이는 건 뭐든 총을 쏴대고 시도 때도 없이 포탄을 퍼부어대서 방공호로 숨은 거지. 국군이건, 북한군이건 사람을 이유 없이 함부로 죽이기야 하겠나. 좀 기다려보자."

아버지는 어디서 그런 배짱이 생겼는지 오히려 담담한 목소리로 말했어.

그날, 내가 아침 밥상을 치우고 막 설거지를 끝낸 다음이었는데 북한군 대장으로 보이는 사람이 우리 집을 찾아온 거야. 아버지는 그동안 버려뒀던 논에 나가려고 막 마당을 나서는 참이었어.

"실례하겠소."

대장으로 보이는 사람이 아버지를 보고 살짝 머리를 숙이며 인사를 하는 거야. 아버지가 굳은 얼굴로 걸음을 멈췄어.

"미안하지만 우리가 이 집을 며칠만 좀 사용해야겠소."

"예?"

아버지는 그게 무슨 말인지 이해가 안 되는 듯 되물었어.

"식구들은 안채에서 그대로 지내시고 우리는 바깥채에서 잠시 머물도록 해주시오. 물론 군사들은 다른 곳에서 머물 거요."

그제야 아버지는 마지못해 고개를 끄덕이며 승낙하시는 거야.

"그…… 그……러시오."

"그리고, 부탁이 또 하나 있소."

아버지는 대답 대신 다시 긴장된 얼굴로 그를 바라봤어.

"혹시 잠수를 할 줄 아시오?"

"잠수라면…… 머구리 말인가요?"

"그렇소. 물속에 들어가 일하는 사람, 머구리 말이오."

"그런 거는 해본 적이 없는데⋯⋯."

아버지가 말끝을 흐리자 북한군 대장처럼 보이는 사람이 말허리를 자르는 거야.

"그럼 잠수할 줄 아는 사람을 좀 구해주시오."

"그, 그게, 다들 피란을 가서 사람이 있나 모르겠는데⋯⋯."

아버지는 긍정도 부정도 아닌 애매하게 말끝을 흐렸어.

"급한 일이니, 오늘 중으로 꼭 좀 알아봐 주시오. 부탁하오! 우리 병사들이 함께 갈 거요."

대장으로 보이는 사람은 부탁한다 말했지만 쉽게 거절할 수 없는 상황이었단다. 겉으로는 부탁한다지만 명령처럼 들리는 말이었거든. 거기다 총을 든 졸병까지 딸려서. 북한군 대장은 거듭 아버지에게 부탁한다는 말을 남기고 집을 나갔어. 엄마가 아버지를 보며 걱정스럽게 물었어.

"여보, 저 사람들이 왜 우리 집에 와서 이러지요?"

"우리 집이 동네 들머리에 있으니 그러는 모양이다. 며칠만 쓴다니 안 된다 할 수도 없고! 당신은 아이들 단속 잘 하고 바깥에는 나오지 말고! 나는 좀 나갔다 와야겠다."

아버지는 안마당까지 따라와 서 있는 북한군 눈치를 보며 자르듯 말하고 급하게 밖으로 나갔어. 그 뒤를 어깨에 총을 멘 북한군 두 명이 호위병처럼 따라갔어.

"엄마, 북한군 대장이 꼭 돌아가신 삼촌 같지 않나요? 어쩜 저리 닮았을까요? 말을 사근사근하게 하는 것도 똑같아요."

내가 무심코 내뱉은 말에 엄마가 정색을 하며 나무라는 거야.

"얘가, 무슨 소리니? 그 사람이 어디 삼촌하고 닮았단 말이니?"

엄마가 큰일이라도 날 듯 펄쩍 뛰는 거야.

"너는 당분간 바깥채엔 얼씬도 하지 마. 너희 아버지 알고 경치기 전에!"

엄마는 무지르듯 말하고 나와 동생들을 안채로 몰아 들어 갔어.

"너희 아버지 말로는 전쟁이 곧 끝날 거라더니 다시 북한군 들이 마을로 들어오고. 이게 무슨 일인지 모르겠다."

엄마가 혼잣말처럼 중얼거리는 소릴 듣고 나도 속엣말로 중얼거렸어.

'북한이고 남한이고 사이좋게 살면 안 되나? 왜 서로 못 잡 아먹어 으르렁거릴까? 사람을 죽이고 죽고…….'

누구라고 꼬집을 수 없는, 대상도 모를 분노가 마음 깊은 곳 에서부터 올라오는 거야.

'서로 미워하고 죽이는 전쟁. 참말로 무섭고 싫다! 총을 들 지도 않았고 사람을 죽이지도 않은 애꿎은 사람들도, 어린 삼 수 같은 아이들도 죽게 만드는 전쟁. 언제 끝날까?'

살아 있어도 살아 있는 게 아닌 하루하루. 언제 무슨 일이 벌어져 누가 죽을지 아무도 모르는 시간들. 당장 눈앞의 안전도 장담할 수 없는 날들. 그런 상황이 견딜 수 없었지만 그저 숨죽이며 기다릴 수밖에 없었단다. 할머니와 엄마의 한숨은 더 깊어졌지. 동생들은 그 와중에도 폭격 소리 그친 마을에 나가려 호시탐탐 어른들 눈치만 살피고 있었고.

"내가 옛날이야기 해주께."

나는 동생들을 곁으로 불러 모은 뒤 수틀을 잡았단다. 입으로는 옛이야기를 해주며 손으로는 수를 놓았지.

몇 자락 이야기가 끝나고 누나 곁에서 이야기를 듣던 동생들이 하나둘 빠져나가 버렸어. 나는 그것도 모른 채 골똘히 수를 놓다 무심코 화자를 떠올렸어.

'화자는 오늘 저녁에 올 건가?'

"아!"

나는 불에 덴 것처럼 놀라 벌떡 일어섰어. 수틀을 집어던지고 꽁지에 불붙은 것처럼 밖으로 뛰어나갔단다. 화자네 집으로 달려간 거지.

"우리 아래채에 북한군들이 와서 며칠 지낸단다. 내가 연락할 때까지 우리 집에 오면 안 되겠다."

화자는 눈이 휘둥그레져 고개를 끄덕였어.

"네가 오라 할 때까지 안 갈게."

"그래. 한 며칠 진짜 조심해야겠다."

"너희 집 괜찮니?"

"북한군 대장이 아버지한테 한 이틀 정도 신세를 지겠다고 부탁하더라. 대장이 돌아가신 삼촌을 닮아 그런지 아버지가 안 된다는 말을 못 하시더라. 북한군도 자기들 고향에 가면 우리처럼 부모 형제도 있고 자식들도 안 있겠나."

"그런데 왜 전쟁을 일으켜서……."

"졸병들이 무슨 힘이 있겠나. 더 높은 자리에 있는 사람들이 싸우라 하니 죽지 못해 싸우는 거 아니겠나."

"맞다! 사람을 죽이고 싶어서 죽이는 사람이 어디 있을까. 안 죽이면 자기가 죽으니 어쩔 수 없이 죽이는 거지. 전쟁이 사람을 그리 만드는 거 같아서 정말 무섭고 싫다."

"그러게. 전쟁은 정말 무서워. 우리 아버지가 그러시는데……."

나는 목소리를 낮춰 화자 귀에다 대고 소곤거렸어.

'맥아더 장군이 이끄는 유엔군이 우리 동네로 상륙 작전을 한다더라. 유엔군이 위로 쳐 올라가고 아래로 밀고 내려가면 북한군은 허리가 끊어져 독 안에 든 쥐 신세가 된단다. 우리 동네에 들어온 북한군도 그 눈치를 채고 도망갈 준비를 하는 모양이야.'

화자는 입을 반쯤 벌린 채 연신 고개를 끄덕였어.

"정말로 그리돼서 전쟁이 얼른 끝났으면!"

나는 화자랑 한참 이야기를 나눈 뒤 집으로 돌아왔단다.

논에 가려다 북한군 대장의 부탁을 받고 나간 아버지는 저물도록 돌아오지 않았어. 긴 여름 해가 설핏 기울고 저녁 준비를 하려는데 바깥에서 인기척이 나는 거야.

"아버지가 오셨나?"

밖으로 나가려다 나는 놀라 다시 안으로 들어왔어. 부엌문 뒤에서 바깥을 살피니 바깥채에 북한군이 서너 명 들락거리는 거야.

'대장이 왔나 보다.'

부하들로 보이는 북한군은 곧 나가고 바깥채는 아무도 없는 것처럼 고요해졌어. 나는 조심스럽게 저녁밥을 지었어. 아버지는 밥이 다 될 무렵에야 돌아왔어. 아버지는 바로 들어오지 않고 바깥채에 먼저 들렀다 안채로 오신 모양이야.

"북한군하고 무슨 얘길 했어요?"

질문은 엄마가 했는데 아버지는 할머니를 바라보며 말했어.

"머구리를 알아봐 달래서 조사리까지 갔다 왔어요. 우리 동네는 다 피란 가서 머구리가 없어요."

"그래, 조사리는 있던가?"

"경수 아저씨한테 부탁했어요."

"맞다. 그 양반이 머구리 배 했지."

경수 아저씨는 먼 친척뻘 되는 사람이었어. 사돈의 팔촌도
더 넘는.

"아버지, 조사리 사는 용칠이가 머구리 배 탔다 아닙니까!"

내가 화자 애인인 용칠이를 떠올리고 어른들 대화에 끼어
들었어.

"안 그래도 경수 아제가 용칠이 데리고 내일 온다 했다."

"네가 북한군들 부탁 들어줬다고 화를 입지는 않겠나?"

할머니의 걱정에 아버지도 걱정스레 대답했어.

"안 그래도 그게 좀 걸리네요. 그 사람들이 총 들고 뒤에 있
는데 시키는 대로 안 할 수가 있어야죠. 우리 동네는 머구리
없다니까 다른 동네라도 가보자는데 어쩌겠어요. 머구리만
구해주면 한 이틀 뒤에는 북쪽으로 간다고 했어요. 그래서 조
사리까지 갔다 왔잖아요."

"머구리를 어디 쓰려고 그러는고?"

"모르겠어요. 내일 되어보면 알겠죠."

아버지는 저녁을 먹으며 나와 엄마에게 다시 한번 아이들
잘 챙겨라 주의를 주었어. 그러고도 안심이 안 되는지 일수와
이수에게는 다짐까지 받고.

"바깥채에는 얼씬거리지도 말고 한 이틀은 밖에도 나가지
마라."

아버지 엄명에 일수와 이수도 잔뜩 긴장해 고개를 주억거

렸어.

'제발 아무 일 없이 지나가야 될 텐데.'

나는 맘속으로 두 손을 모았어. 천지신명에게라도 빌고픈 심정이었지.

'화자한테 내일 용칠이가 온다고 이야기해 줘야 하나? 어두운데 나갈 수도 없고…….'

방법이 없었다.

'내일 상황 봐가며 화자한테 달려가든 해야지.'

이런저런 생각에 나는 뒤척이다 잠이 들었다.

이틀 전만 해도 포탄과 총알이 날아다니던 마을은 겉보기엔 전쟁 전의 마을처럼 평화롭게 보였단다. 피란 가지 않고 남아 있던 사람들은 북한군과 함께 불안한 일상을 시작해야 했어. 전쟁 중이었지만 산 사람들은 어떻게 해서라도 먹고살아야 했고 살아갈 준비를 또 해야 했단다.

북한군이 마을에 들어왔어도, 폭격기가 날아다니며 폭탄만 퍼붓지 않으면 남아 있던 사람들은 들에 나가 농작물을 돌봤어. 논에 김을 매고, 콩밭에 풀을 맸으며 앞바다에 나가 그물을 치고 물고기를 잡았지. 다행히 북한군들은 마을 주민들을 괴롭히거나 약탈 같은 걸 하지 않았어. 그들은 쫓기는 것처럼 불안하고 다급해 보였어.

다음 날 아침 일찍 조사리에서 머구리 일을 하는 경수 아제가 용칠이를 데리고 우리 집으로 왔어. 경수 아저씨는 안채로 들어와 할머니께 인사부터 했어.

"아이고, 이 사람아, 난리 통에 어찌 살았던가. 이래 무탈한 걸 보니 고맙네."

할머니가 마당으로 내려서 경수 아저씨를 붙잡고 반갑게 안부를 나눴어. 이런 일상적인 안부를 나눌 수 있는 게 얼마나 감사한 일인지 나는 가슴이 뭉클했어. 경수 아저씨 뒤에 서 있던 용칠이가 할머니와 아버지를 따라 나온 나를 보고 눈인사를 하는 거야. 화자 애인이었지만 함께 어울려 놀던 친구이기도 했거든. 전쟁이 터지고 처음 보는 용칠이였어. 무탈한 모습이 반가웠고, 화자가 집으로 돌아온 걸 말해주고 싶었지만 어른들 앞에서 내색할 수 없어 나는 웃으며 고개만 끄덕였지. 아버지와 경수 아저씨는 용칠이와 바깥채로 나가 북한군들과 함께 포구로 나갔어.

북한군이 경수 아저씨와 용칠이를 데리고 나간 뒤 나는 화자네 집으로 달려갔단다.

"오늘 아침에 용칠이가 우리 집에 왔다. 북한군이 머구리를 구해달라 해서 어제 아버지가 조사리까지 가서 이야기한 모양이야."

"용칠이는 무탈하게 잘 있었어?"

"응. 좀 전에 경수 아제하고 선돌 끝에 나갔어. 거기서 머구리 작업을 하는가 봐."

"그, 그렇구나."

화자 얼굴이 당장이라도 바다에 나가고 싶은 표정이었어.

"너한테는 용칠이 이야기를 해줘야 될 거 같아서. 저녁 할 때쯤 우리 집에 오면 용칠이 볼 수 있을 거야."

내가 돌아가기 바쁘게 화자는 바다가 보이는 마을 끝 모퉁이로 갔단다. 끝집 담 뒤에 숨어서 바다를 살폈대. 멀리 선돌 끝에 머구리 배가 떠 있고 그 곁에 작은 배가 또 있고. 멀어서 사람은 보이지 않았지만 저기 용칠이가 있다는 것만으로도 화자는 마음이 설레더래. 혼자가 아니라는 느낌. 부모님이 돌아오실 때까지 나와 용칠이가 지척에 있다는 생각만으로도 든든한 의지가 되더란다.

동네에서 빤히 보이는 선돌 끝은 마을 바로 앞바다지만 수심이 제법 깊은 곳이란다. 아버지는 잠수복을 입은 경수 아저씨에게 둥근 머구리 헬멧을 씌워주었대. 아버지가 머구리 일을 할 줄 모르니 경수 아저씨가 하는 일을 도운 거지. 구리로 만든 머구리 헬멧은 어른 혼자 겨우 들 만큼 무거워. 머구리 헬멧은 얼굴 부분에 나 있는 유리창으로 바깥을 볼 수 있단다. 머구리 복장을 갖춘 경수 아저씨는 허리에 납 뭉치를 달고 바닷속으로 들어갔대. 아버지와 용칠이는 배에서 물속으로 들어간 경수 아저씨에게 펌프로 산소를 불어넣어 주고. 경수 아저씨가 바다에서 건져낸 것은 국군이 빠트리고 간 무기였어.

구암산 일대에서 북한군과 치열한 전투를 벌인 유엔군과 국군은 북한군이 포항을 점령하자 포항 탈환 작전을 펼쳤어. 그 첫 번째로 구암산 일대 군인들을 상륙함 네 척으로 이틀 동안 모두 철수시켰던 거야. 철수한 군인들은 상륙함에 실려 구룡포로 가서 다시 포항 탈환 작전에 투입되었다고 해. 국군은 철수하면서 포획한 북한군의 무기를 독석 앞바다 섬돌 끝에 모두 빠트리고 간 것이었어. 전부 망가지고 고장 난 무기들이었지. 북한군은 그 무기를 건져내기 위해 머구리를 데려온 것이었지. 경수 아저씨는 용칠이와 교대로 기관총과 북한군이 들고 있는 소총과 같은 무기들을 건져냈단다. 무기라고 보기 어려운 고철까지 모두 건져내야 했대.

북한군들이 머구리를 시켜 무기를 건져 올리던 날 나는 뒤란에서 수를 놓고 있었단다.

"그거, 나비 아니오?"

"앗!"

한참 열중해서 수놓고 있다가 깜짝 놀라 그만 바늘로 손가락을 찌른 거야. 왼손 검지 끝에 빨간 핏방울이 맺혔어. 핏방울이 조그맣고 빨간 꽃봉오리 같은 거야. 나는 얼른 손가락을 입으로 가져가 빨았어.

"미안, 미안하오!"

북한군 대장이 놀라 허둥대며 사과를 하는 거야.

"꽤, 괜찮아요."

나는 얼른 손가락을 빼며 고개를 저었어. 가슴이 콩닥콩닥 방망이질하듯 뛰는 거야. 무섭기도 했지만 놀란 북한군 대장 모습은 우습기도 했거든. 가까이서 보니 삼촌이나 큰오빠와 별반 다르지 않구나 싶어. 거기다 얼굴도 꽤 잘생긴 편이었어. 뛰던 가슴이 차츰 진정되었지.

"날이 더워서, 여기가 제일 시원한 곳이라……."

내가 변명하듯 말꼬리를 흐리니 그 사람이 손사래를 치며 막 그래.

"아니오, 밖에서 수를 놓은 게 잘못은 아니오. 더군다나 여기는 여성 동무의 집이지 않소."

내가 화끈거리는 얼굴을 손으로 감싸며 가만있는데 북한군 대장이 다시 말을 건네는 거야.

"거참 수를 곱게 놓소. 우리 누이동생도 수를 참 잘 놓는데……."

대장은 내가 놓는 수에 눈을 떼지 못한 채 칭찬을 아끼지 않는 거야. 느닷없이 나타나 사람 놀라게 하더니 칭찬까지! 어찌나 당황스럽고 부끄러운지. 나는 허둥대며 주섬주섬 수틀과 수실을 챙겼어.

"자, 잠깐만. 여성 동무! 여기, 여기에 별도 수놓을 수 있갔
소?"

나는 눈을 동그랗게 뜬 채 북한군 대장이 가리키는 손가락
을 바라봤어. 대장은 자기 어깨에 있는 견장을 가리키고 있었
어. 낡은 견장에 빛바랜 노란 별 두 개가 초라하게 붙어 있었
어. 나는 잠시 머뭇거리다 가만히 고개를 끄덕였어. 누이동생
이야기를 하는 대장이 나쁜 사람일 리 없다 싶었거든. 대장 얼
굴이 환하게 밝아지는 거야.

"그러면 노란 별 두 개씩 양쪽에 놔줄 수 있갔소?"

다행히 노란색 실은 넉넉했어.

"어, 언제까지 새겨주면 되는가요?"

오른쪽과 왼쪽 견장에 별 두 개씩 수를 놔주는 건 내겐 밥하
는 것보다 쉬운 일이었거든.

"내일까지, 내일 저녁까지 가능하겠소?"

별 네 개 정도는 하룻밤이면 충분히 완성할 수 있었지. 내
가 고개를 끄덕이자 그 사람이 활짝 웃었어.

"고맙소!"

북한군 대장은 인사와 함께 어깨 견장을 떼어냈어.

"여기⋯⋯."

북한군 대장은 떼어낸 견장을 조심스럽게 건네고 돌아서더

니 다시 나를 보고 돌아섰어.

"내 이름은 이선우라고 하오. 착할 선에 비 우. 이선우! 고
향은 평양이고 부모님도 계신다오."

북한군 대장은 자기 이름과 소개를 또박또박 말하고 가는
거야. 참 신기하지? 그냥 한 사람의 북한군이었는데 이름을
듣고 나자 비로소 뚜렷한 사람이 되어 다가오는 느낌이었지.

'이선우. 착할 선에 비 우. 착한 비.'

나는 속으로 이름을 가만히 굴려봤어. 착한 비라니.

'그래서 동생 이야기를 할 때 눈이 그렇게 순해 보였나?'

나는 낡은 별이 있는 견장을 손가락으로 가만히 쓸어봤단
다. 기분이 이상했어. 우리 군인들에게 총을 겨누고 싸운 북한
군인데 적이라는 생각보다 삼촌 같고 큰오빠 같은 느낌이었거
든. 낯선 사람에게서 느껴진 친숙한 감정. 그런 감정은 처음이
었단다.

놀이터에서

날씨가 참 좋은 날이었다. 따뜻한 봄볕이 사람들에게 자꾸만 밖으로 나오라 유혹하는 것 같았다. 유혹하는 날씨 속에서도 나는 외할머니 이야기가 자꾸 생각났다.

'북한군 대장이 삼촌 같고 큰오빠 같았다니.'

'전쟁을 일으킨 적에게 적대감이 아니라 그런 친밀한 마음을 느낄 수 있을까?'

'할머니가 착한 사람이라서?'

그건 아닌 것 같았다. 이건 보고서 작성에 굉장히 중요한 문제다.

'할머니의 마음이 어땠는지 자세하게 물어봐야지.'

학교 마치고 집으로 오는데 아파트 놀이터 한쪽에 보라색 등꽃이 흐드러지게 피어 주렁주렁 늘어져 있었다.

"우와!"

나도 모르게 탄성이 터져 나왔다.

"할머니만 아니면 등꽃 아래 좀 앉아 있다 가도 좋은데."

외할머니가 해주는 이야기도 재미있고 물어볼 것도 있지만 이런 순간에는 슬며시 짜증이 올라왔다. 그러나 다음 주부터 주간보호센터에 가시게 되었으니 내가 외할머니를 케어할 날도 며칠 남지 않았다.

'할머니 옛이야기를 들으며 과제에 대한 도움을 받으니 이정도 수고는 해야지.'

나는 마음을 다잡았다. 꼭 수고와 얻은 걸로 따질 문제는 아니었다. 외할머니를 돌보며 내가 얻은 것은 이익으로 따질 수 없는 거니. 뭐라 콕 집어 말할 수 없는 그 무엇. 너무 덩치가 큰 거라 한 마디로 정리하기 어려운 느낌과 생각들이었다.

너무 늙어 아기가 되어버린 외할머니에게도 내 또래의 나이 때가 있었다는 거.

시대와 처한 환경에 따라 삶의 모습이 다르다는 것.

실감 나진 않지만 사람은 누구나 늙기 마련이고 나도 언젠가는 외할머니처럼 늙을 거란 거.

이런 생각, 느낌들이 나를 좀 더 성숙한 사람으로 만들어주는 것 같았다.

'그래, 오늘은 할머니 모시고 놀이터에 놀러와야겠다. 날씨

가 너무 좋아 할머니도 분명 기뻐하실 거야.'

집으로 향하는 발걸음이 바빠졌다.

"다녀왔습니다."

내가 올 시간에 맞춰 퇴근 준비를 끝내고 기다리고 있던 요양보호사 이모님과 바통 터치를 했다.

"할머니, 옛날, 6·25 때 할머니한테 별을 수를 놔달랬던 북한군 대장 말이에요."

"그래. 북한군 대장이 우리 집에서 이틀인가 묵었지. 내가 수놓는 거 보고 자기 어깨에 별을 수놓아 달라고 해서 내가 곱게 놔줬지."

"적군인데 무섭지 않았어요?"

"처음엔 놀랐지. 그런데 자기 동생 이야기도 하고 이름도 가르쳐 주는데 나한테 해를 끼치지 않을 거란 믿음이 생기더만. 하나도 안 무서웠어."

'맞아! 상대를 알게 되면 믿음이 생기지. 미움이나 적대적인 감정은 상대를 잘 모르거나 두려울 때 생기는 감정 아닌가. 그런 게 커지면 싸움도 벌어지게 되는 거고.'

중요한 사실을 새삼 깨달은 느낌이었다.

"할머니, 오늘 날씨가 정말 좋아요. 우리 놀이터에 놀러가요."

"놀이터에? 다리 아파 못 걸어!"

외할머니는 놀이터 말만 듣고도 고개를 저었다.

"할머니! 날씨가 얼마나 좋은데요. 이런 날은 밖에 나가서 햇볕도 쬐고 좀 걷고 그래야 건강에 좋단 말이에요."

분명 좋아하실 줄 알았는데 단칼에 싫다시니 은근 오기가 동했다. 내 맘도 몰라주고 말이다.

"할머니. 햇볕에 비타민D가 얼마나 많은데요. 집에만 있으면 다리에 근육이 다 빠져 걷지도 못해요. 오늘처럼 햇살이 좋은 날 밖에 나가 잠깐이라도 걸어야 해요. 빨리 나가요. 엘리베이터 타고 내려가 조금만 걸으면 된단 말이에요."

"아이고, 이런 성화가!"

내 억지에 외할머니가 못 이기고 따라 나섰다.

"할머니, 저 꽃 좀 보세요."

아파트 입구 화단에 핀 철쭉과 라일락을 가리켰다.

"아이고, 꽃이 언제 저리 폈노? 곱구나!"

안 나가겠다고, 다리 아프다고 엄살 부리던 외할머니는 꽃을 보고 활짝 웃으셨다. 외할머니의 웃는 모습을 보니 덩달아 기분이 좋았다.

'모시고 나오길 잘했지!'

나는 뿌듯해져서 외할머니와 함께 천천히 걸어 놀이터로 갔다. 놀이터엔 유치원생 아이들 두어 명이 놀고 있었다.

"할머니, 여기 앉으실래요?"

나는 등꽃이 탐스럽게 늘어진 등나무 아래 평상에 외할머니와 같이 앉았다.

"향기가 좋구나."

외할머니는 고개를 젖혀 눈을 크게 떠 등꽃을 쳐다봤다. 벌들이 닝닝거리며 꿀을 따느라 분주히 꽃술을 들락거렸다.

"할머니, 좋죠?"

"그래."

외할머니는 싱그레 웃으며 고개를 끄덕이다 말했다.

"목말라. 물 좀 마셨으면 좋겠구나."

조금 더우셨던 모양이다. 무슨 날씨가 봄인데 여름처럼 더웠으니!

"할머니, 여기 잠깐만 앉아 계세요. 제가 편의점 가서 물이랑 아이스크림 사올게요. 놀이터에선 아이스크림을 먹어주는 게 국룰이거든요."

나는 외할머니를 혼자 남겨두고 근처 편의점을 향해 달려갔다. 등꽃 아래서 외할머니와 햇볕 쬐며 먹는 아이스크림! 얼마나 달콤할지 가슴이 막 콩닥거렸다.

"할머니!"

한 손엔 물병, 한 손엔 아이스크림을 흔들며 달려왔는데 외할머니가 안 보였다.

"할머니!"

가슴이 철렁 내려앉아 큰 소리로 불렀다. 혹시 유치원생이 놀고 있는 곳에 계신가 싶어 달려갔다. 거기도 없었다.

"아줌마, 혹시 할머니 한 분 못 보셨어요?"

유치원생 엄마로 보이는 아주머니를 잡고 물었다.

"응? 할머니? 우리 그런 분 못 봤지?"

옆에 있는 아주머니에게 되묻는 걸 보는데 다리에 힘이 풀려 그만 털썩 주저앉을 것 같았다.

"어떡해! 어떡해……. 할머니, 할머니이……. 어흐흐흑!"

내 입에서 외할머니를 부르는 소리와 울음이 동시에 터져 나왔다. 걸음도 잘 못 걷는 분이 아이스크림 사오는 5분도 채 안 되는 시간에 어딜 가셨단 말인가! 나는 정신이 반쯤 나간 상태로 외할머니를 찾기 시작했다. 놀이터, 우리 아파트로 가는 길, 아파트 단지를 벗어나는 길. 사방으로 뛰어다니며 외할머니를 불러도 안 계셨다.

"아빠! 할머니가 사라졌어요. 놀이터에서 엉엉, 아이스크림……. 어엉엉, 안 계셔, 엉, 어엉엉!"

울면서 아버지에게 전화를 했다. 그때 좀 전에 내가 외할머니 행방을 물어봤던 아주머니가 다가왔다.

"저기, 학생이 찾는 할머니가 저기 계신 것 같은데……."

"예?"

눈을 끔뻑여 가득한 눈물을 떨구고 아주머니가 가리키는

곳을 바라봤다. 놀이터에서 뒷산으로 이어지는 길가 쪽이었다. 철쭉이 울타리처럼 둘러진 꽃밭 안에 외할머니 비슷한 사람이 보였다. 아니, 검정 바지와 분홍 잠바를 입은 옷차림이 분명 우리 외할머니였다. 외할머니는 나를 찾는지 두리번거리고 있었다.

"할머니!"

고맙다는 인사도 잊고 외할머니한테 달려갔다. 그런데 외할머니 눈이 반쯤 감겨 있었다. 평소에도 눈꺼풀이 처져 있어 감은 건지 뜬 건지 잘 구분이 안 되긴 했지만.

"할머니! 여기서 뭐 하세요?"

내가 다그치듯 물었다. 외할머니는 대답도 없이 혼잣말처럼 중얼거렸다.

"나비……가, 나비……."

넘어졌는지 바지에 흙도 묻어 있었다. 나는 얼른 외할머니를 부축해 철쭉꽃 울타리 바깥으로 나왔다.

"거긴 왜 들어갔어요?"

외할머니는 내 말은 들리지도 않는 것처럼 계속 나비라는 말만 했다. 아마 나비를 보고 따라간 모양이었다. 내가 찾을 땐 철쭉꽃 아래 앉아 계셨던 걸까? 그래서 내가 못 봤던 거였나? 외할머니는 내가 부르는 소리도 못 들으신 모양이었다.

"할머니, 여기 앉아 계시랬잖아요."

잠깐 동안이었지만 혼비백산했던 게 억울해 짜증을 부렸다. 그 순간 휴대폰이 울렸다. 아빠였다. 마치 내가 그러고 있는 걸 보기라도 한 것처럼 때맞춰.

"할머니 괜찮으셔?"

"어. 괜찮아요. 걱정 안 하셔도 돼요."

전화기 너머로 아버지가 안도하는 게 느껴졌다. 나는 짜증낼 기운도 다 빠져버렸다. 아이스크림은 다 녹아버렸고 외할머니는 정신줄을 놓친 듯 보였다. 산책이고 꽃구경이고 다 그만두고 얼른 집으로 들어갔다.

'엄마가 알면 곤란한데.'

설마 그새 아빠가 엄마한테 얘기했을라고? 걱정스럽긴 했지만 내 편한 대로 생각하기로 했다. 내 편한 생각은 저녁 무렵 보기 좋게 깨어졌다.

"할머니 혼자 계시라 하고 편의점에 갔다고? 아이스크림 사러?"

엄마가 어이 상실이란 표정으로 다그쳤다.

"할머니가 목마르다셨단 말이야. 햇볕 쐬며 달달한 아이스크림도 먹고 싶었······."

"아무리 그래도 정신도 온전치 못한 할머니를 혼자 두고 아이스크림을 사러 가다니!"

"여보, 그래도 우리 고은이 기특하잖소! 할머니 모시고 바깥바람 쐬러 갈 생각을 다 하고."

역시 아빠다! 엄마가 가자미눈으로 나를 흘겨봤지만 휴, 그
래도 이만하고 넘어가길 다행이지. 외할머니는 계속 주무시
기만 한다. 아마도 한밤중에 일어나 이야기해 준다고 나를 깨
우실 모양이다. 내 예감은 적중했다.

노란 별 두 개

김선예

북한군들은 경수 아저씨와 용칠이가 건져낸 무기를 선예네 집 근처 마을의 빈집 처마 밑과 담 밑 그늘에 앉아 꼼꼼히 닦았어. 소금기를 닦아낸 거지.

"크기가 큰 포는 바닷속에 놔둘 수밖에! 그 무거운 쇳덩어리를 어떻게 건져요!"

저녁 무렵 아버지와 같이 돌아온 경수 아저씨가 손을 내저으며 말했어. 온몸에서 고단함이 뚝뚝 떨어지고 있었지. 아저씨와 용칠이는 다음 날까지 머구리 일을 해야 해 우리 집에서 자고 새벽 일찍 일을 할 거랬어.

"욕봤네."

바깥채 아궁이에 걸어둔 가마솥에서 쇠죽 끓이던 할머니가 경수 아저씨와 아버지를 맞이하는데 기분이 참 이상했어.

노란 별 두 개   153

바깥일을 마치고 들어온 아버지.

쇠죽솥에서 나는 구수한 냄새와 장작 타는 연기가 가득한 마당.

죽 냄새를 맡은 암소가 외양간에서 목을 빼고 우는 소리까지.

전쟁이 나기 전 저녁 모습 그대로였거든. 북한군이 지척에 있는 게 믿기지 않을 만치 평화로운 저녁이었어. 저녁 무렵 화자가 와서 우리는 함께 저녁을 준비했단다.

"퍼뜩 밥상 내가거라."

엄마가 상에 된장 뚝배기를 놓으면 화자와 나는 상을 들고 나갔어. 아버지는 경수 아저씨와 함께 겸상하고 용칠이는 할머니와 동생들과 함께 둘레 상에 앉아 저녁을 먹었어. 내가 화자하고 같이 둘레 상을 들고 들어오는 걸 본 용칠이가 깜짝 놀랐지. 피란 갔다고 생각하고 있었던 사랑하는 사람이 눈앞에서 밥상을 들고 오니 말이야. 호호호호, 내가 전혀 눈치도 안 줬거든.

'네가 어떻게 여기 있는 거야?'

'밥 먹고 뒤란으로 나와.'

용칠이가 눈으로 묻는 말에 화자가 눈으로 대답하고 나오는 거야. 우리는 엄마하고 부뚜막에 앉아 가마솥에 눌은 보리밥을 긁어 먹었어. 건넌방과 안방에서 밥상이 나오고 나는 화자와 우물가에서 설거지를 했단다.

"용칠이하고 이야기 좀 하고 올게."

화자가 소곤대며 물 묻은 손을 앞치마에 닦으며 일어섰어. 나까지 괜히 가슴이 두근거리는 거야. 고개가 자꾸 뒤란 쪽으로 돌아가려는 걸 가까스로 참고 설거지를 끝냈단다. 내가 설거지를 끝낼 즈음 용칠이와 화자가 우물가로 왔어.

"네 덕분에 용칠이 얼굴도 보고 고맙다."

화자가 수줍게 웃으며 말했어.

"선예가 가까이 있어서 나도 맘이 놓인다."

용칠이 목소리도 환하더라.

"내일 또 작업할 거라 일찍 자야 한다. 화자는 선예하고 잘 거야?"

"아니야. 집에 가야지."

"그럼 어두운데 내가 집까지 데려다줄게."

둘은 같이 나갔고 나는 마음이 싱숭생숭해서 마당에서 서성거리다 방으로 들어갔단다. 화자를 데려다주러 간 용칠이는 한참 지나 돌아와 말없이 건넌방으로 들어갔지.

긴장 속에 하루가 그렇게 저물었어.

'다행이다. 화자도 용칠이도.'

나는 안도의 한숨을 내쉬며 반짇고리를 내려 견장에 수를 놓기 시작했단다. 한 땀 한 땀 바늘이 지나가는 자리마다 별이

노랗게 메꿔졌지.

전쟁 중이라는 게 믿기지 않을 만치 조용한 밤이었단다. 수평선 끝에서 이어진 검푸른 하늘에 은하수가 하얀 강처럼 흘러가고 있었어.

처음 나는 북한군이 무서웠어. 북한군은 총과 포탄으로 국군을 죽이는 적이었으니까. 그런데 북한군은 실제 동네 사람들이나 우리 식구들에게 어떤 해코지도 하지 않았단다. 너무 아무렇지도 않아 무서워했던 게 우스울 정도였지.

북한군이 동네를 떠돌아다니는 개를 잡아먹긴 했지만 그건 주인들이 모두 피란 가버려 주인 없는 개나 마찬가지였지. 편의를 제공받은 뒤 깍듯한 인사를 한다든지, 손 댈 것 없이 뒷정리까지 완벽하게 하고 가는 거라든지. 어떤 면에선 오히려 동네 사람들보다 예의 바르고 염치도 있었어.

나는 뒤란이나 부엌에서 그들을 조심스럽게 살펴봤단다. 전혀 위협적인 느낌이 들지 않았어. 전쟁이기 때문에 군인들끼리는 서로 죽여야 했지만 주민들을 일없이 죽이거나 함부로 대하지도 않았어.

'그래도, 북한이 쳐들어오지만 않았다면 삼수가 죽지도 않았을 건데.'

전쟁 중에 어린아이가 죽은 걸 누구에게 따지거나 하소연할 수도 없는 게 억울했지만, 그렇다고 북한군이 원수처럼 미운 것도 아니었어. 미운 건 전쟁이었지 사람은 아니었어.

'적과 싸워야 하는 전쟁이니 총도 쏘고 포탄도 퍼부어야겠지. 그 와중에 애꿎은 사람들도 죽고, 어린아이들도 죽고. 모두 전쟁이 그리 만든 거야!'

'사람들은 왜 서로 미워할까? 맘대로 오고 가던 길에다 삼팔선인가 뭔가 선 그어놓고 서로 오가지도 못하게 만들더니 이렇게 전쟁까지 일으키고!'

아무리 이해하려 해도 전쟁은 이해가 안 되었어.

'전쟁은 왜 일어날까?'

'삼수는 단지 운이 나빠 죽은 것일까?'

'삼수가 죽은 건 전쟁 중이라서 어쩔 수 없는 일이었을까?'

꼬리에 꼬리를 물고 이어지는 물음들. 풀리지 않는 실타래를 들고 있는 것 같았지. 삼수를 생각하자 또 가슴이 미어지듯 아픈 거야. 식구들에게 삼수는 입 밖에 내면 안 되는 이름이었어. 그러나 입 밖에 내어 말하진 않았지만 삼수를 생각하는 것까진 막지 못했지. 할머니와 부모님, 일수와 이수, 종수와 막내인 끝수까지. 가족들에게 지울 수 없는 아픔으로 남은 삼수였어.

나는 한쪽에 밀쳐두었던 수틀을 가져와 흰 광목에 놓은 수를 가만히 바라보았단다.

계절과 상관없이 활짝 핀 꽃들. 노란 민들레, 보라색 달개비, 빨간 백일홍과 맨드라미, 연분홍 채송화와 봉선화까지. 서로 싸우지 않고 저마다 아름다움을 한껏 뽐내고 있었어. 붉은 꽃은 붉은 꽃대로 노란 꽃은 노란 꽃대로 고왔지만 함께 어우러짐으로써 서로를 더 돋보이게 하는 꽃밭. 그 위로 폴폴 날아오르거나 꽃잎 위에 나붓이 앉아 꿀을 빨고 있는 노란 나비들. 꽃수 자체만으로도 아름다웠지만 나비가 있어 꽃은 더 아름다웠고 꽃이 있어 나비도 한층 생동감 넘쳤어.

"사람은 왜 이렇게 살면 안 될까? 서로 미워하며 죽고 죽이는 전쟁을 꼭 해야 될까?"

울고 싶었어. 죽은 삼촌도 안타까웠고 어린 동생 삼수도 가슴 미어지게 불쌍했어. 반쯤 넋이 나간 상태로 시도 때도 없이 눈물 바람인 엄마도 불쌍하고 입을 모질게 앙다문 채 하루 종일 일만 하는 할머니도 가엽긴 마찬가지였지. 왜 그렇게 죽어야 하는지, 왜 그렇게 울며 살아야 하는지, 왜 일만 하며 견뎌야 하는지. 정말 알 수 없는 일이었어.

남의 동네에 와서 개를 잡아먹고 전쟁을 하다 죽어간 북한군들도 불쌍하긴 마찬가지였어. 고향집에 나처럼 수를 잘 놓는 누이동생이 있다는 북한군 대장. 그도 자기 누이를 끔찍이 아끼는 사람이란 걸 알 수 있었어. 내가 수놓은 걸 그렇게 바라보며 감탄하는 사람이라면 분명 그러고도 남을 사람이라 생각되었거든.

나는 한 땀 한 땀 수놓으며 마음으로 기도했어. 수 한 땀을 놓으며 어서 전쟁이 끝나기를 빌었고. 또 한 땀 놓으며 오빠와 올케가 무사히 집으로 돌아오기를. 또 한 땀 놓으며 북한군 대장도 자기 고향으로 돌아가 누이동생을 만날 수 있기를. 또 한 땀 놓으며 전쟁의 포화 속에서 죽어간 사람들의 명복을 빌었어.

　다음 날 새벽, 아침밥 지으러 일어난 내 머리맡에 노란 별 두 개씩 수놓아진 견장 두 개가 얌전히 놓여 있었단다. 나는 견장을 동생들 손 타지 않게 수실이 담긴 반짇고리에 넣어두고 부엌으로 나갔지.

다들 그렇게 살았다니

외할머니 이야기를 들으며 나는 타임머신을 타고 옛날 그 시간으로 돌아간 것 같았다. 외할머니가 살던 집 작은방에서 나도 바늘을 잡고 수를 놓고 있는 느낌이었다.

나는 외할머니에 대해 오래오래 생각했다.

'내가 만약 그때 태어났다면 어땠을까?'

'나도 외할머니처럼 식구들 먹을 밥을 지어 방공호로 날랐을까?'

지금은 상상도 할 수 없는 일이지만 그때는 다들 그렇게 살았다니 나도 어쩔 수 없었겠지.

'외할머니가 수놓은 별은 그냥 별이 아니었구나.'

'그것은 기도였어!'

동생의 죽음을 목격했던 충격과 슬픔 속에서도 북한군을 미워하지 않고 견장에 수까지 놓아준 그 마음. 북한군이 총을 들고 있었는데도 외할머니는 별로 무서워하지 않았던 것 같다.

'나 같으면 벌벌 떨었을 텐데……. 나는 엄두도 못 냈을 텐데.'

서로 총을 겨누고 싸운 적을 적으로만 보지 않고 누군가의 오빠이고 아들로 바라볼 수 있었던 건 외할머니의 타고난 성품이 착해서였을까? 외할머니는 온몸으로 전쟁을 겪으면서 사람이 어떻게 살아야 하는지 저절로 깨달았던 건지도 몰랐다.

'완전 짱이었어. 우리 외할머니.'

내 방에서 주무시고 있는 외할머니가 그냥 평범한 할머니로 보이지 않았다. 나는 늦게까지 보고서를 작성했다. 검색의 여왕 은비는 전쟁이 일어나게 되는 이유와 그 결과에 대한 자료를 잘 정리해 올 테니 나는 전쟁을 겪은 외할머니의 눈으로 본 전쟁을 이야기할 거다. 전쟁 속에서도 평화를 실천할 줄 알았던 우리 외할머니. 외할머니의 모습에서 나는 희망을 발견할 수 있었다. 이번 주말에 은비와 보고서 내용을 맞춰보기로 했으니 시간은 충분했지만 나는 밤늦게까지 이야기를 정리했다.

용칠이

주인 떠난 집. 마당 한구석 화단에 저 홀로 핀 봉선화와 백일홍이 달빛을 받아 꽃등처럼 희미한 빛을 내고 있었대.

"혼자 어떻게 왔니!"

화자네 집 마당에서 용칠이가 화자 손을 꼭 잡더란다.

"누가 보면 어쩌려고……!"

화자는 용칠이 손을 뿌리쳤대. 손이 불에 닿은 것처럼 뜨겁더래. 어둠이 얼마나 고마운지 모르겠더란다.

"보긴 누가 본다고!"

용칠이 목소리도 떨리더래.

"아까는 내가 얼마나 놀랐는지……. 꿈인가 싶었어!"

그예 용칠이가 울먹이더란다.

"피란 보내놓고 하루도 편하게 못 잤다. 너한테 무슨 일 생기면 어쩌나 싶고……. 여까지 혼자 온다고 얼마나 고생했어?"

화자도 눈물이 핑 돌더래. 용칠이의 진심이 느껴져 자기도 모르게 속마음을 털어놓게 되더란다.

"오는 길에 너희 집에 들르고 싶은 마음 다잡느라 애먹었다. 부모님도 계시는데 여자가 불쑥 남자를 찾아가는 게 말이 되는 일이라야지."

용칠이는 그 마음 안다는 듯 다시 화자를 와락 끌어안더란다.

"고생했다. 참말로 고생 많았다."

용칠이의 위로에 오는 동안의 고단함이 다 풀리는 것 같더래. 화자는 용칠이의 심장 소리를 들으며 잠시 그대로 있었대. 심장이 얼마나 무섭게 뛰었겠노! 들뜬 목소리였지만 용칠이는 자신 있게 말하더래.

"화자야, 너희 부모님 오시면 내, 너하고 혼인할 거라고 말씀드릴 거다."

놀란 화자가 용칠이를 밀쳐내며 두 손으로 얼굴을 감쌌대. 화끈거리는 얼굴을 식히려 감쌌는데 자기 손도 뜨겁긴 마찬가지였대.

"전쟁이 언제 끝날지……. 끝나더라도……. 아직 나이도 어린데. 혼인한다 해도 맹물 떠놓고 할 수 있는 거도 아니고. 그게 그리 쉽겠나."

결혼에 대해 한 번도 생각해 본 적 없었지만 살림살이며 혼수 장만하려면 돈이 들 텐데, 전쟁 통에 당장 무슨 돈이 있어 딸 혼사를 치를지. 화자는 먼저 그 생각부터 들더란다. 아니, 부모님이 살아 계시기라도 할지. 모든 게 막막한 상태였으니.

"내가 머구리 일해서 돈 벌면 되니까, 혼수 같은 거는 걱정하지 말고."

용칠이는 다시 화자를 꼭 안으며 어른스럽게 말하더란다. 화자도 온몸에 힘이 풀리며 가슴이 두근두근 나대기 시작하고. 용칠이는 동네 친구들과 어울려 놀며 만난 이웃 동네 친구였어. 어릴 때부터 함께 자란 친구였는데 언제부터 친구와는 결이 다른 느낌을 가지게 되었겠지. 아직 어설펐지만 분명 다른 느낌이었겠지? 이제 막, 처음으로 믿고 기댈 수 있는 이성에 눈뜨기 시작한 마음. 그걸 뭐라 표현할 수 있을까? 애틋하면서도 안타깝고, 아련하고도 그리운 마음 말이다.

우리 고은이도 그런 마음 든 적 없니? 아직 없다고? 요즘 아이들은 초등학교 때부터 남친, 여친 사귄다면서? 호호호호, 너도 곧 그런 감정이 생기는 이성 친구를 만나게 될 거야. 얼른 이야기 마저 하라고? 알았다, 알았어. 사귀는 남자 친구는 없어도 연애 이야기는 재밌지. 맞아! 방금 한 이 이야기는 화자가 나한테 들려준 이야기에 재미있게 내 상상력을 좀 보탠 거란다. 호호호호. 그런 게 사랑이라면 화자가 용칠이한테 느끼는 감정은 사랑이 분명했겠지? 서로를 향해 키워가던 그런 애틋함이 전쟁을 겪으며 절박한 상태로 치닫고 있었던 것 같아.

"누가 보면 어떡해. 얼른 가."

화자는 용칠이를 돌려세웠대.

"혼자 안 무섭겠어?"

"내 집인데 뭐가 무서워? 괜찮아."

화자는 아쉬운 마음을 숨긴 채 자신 있게 말했대. 무언가 할 말이 남은 듯 머뭇거리던 용칠이가 두어 걸음 마당을 나서더니 걸음을 멈추고 다시 돌아서더래.

"왜?"

"저기……."

좋은 말이면 먼저 했을 텐데! 못다 한 말이 좋은 말은 아닐 거란 예감에 화자는 가슴이 툭 떨어졌대.

"뭔데? 왜 그래?"

"저기……. 나, 어쩌면…… 군대 징집될 수도 있다."

"그게 무슨 말이야?"

용칠이는 이제 열여덟 살인데. 아직 군에 갈 나이는 아니었지. 결혼하기도 이른 나이였지만 몇 년 뒤, 스무 살쯤 되면 가능한 일이라 생각했는데, 그런데 군대라니? 아니, 방금 결혼하자 해놓고 군대라니? 그것도 전쟁이 한창인데! 화자는 혼란스러워 중심을 잡고 서 있기 어려웠대. 용칠이가 변명처럼 말을 하더란다.

"전쟁 터지고 이장이 집집마다 돌면서 아들 있는 집에 한 명은 군대 꼭 보내야 된다고. 형은 장남이라고……. 어쩌면 내가 대신 갈 수도 있지 싶다."

화자는 할 말을 잊은 채 용칠이를 바라봤대.

"안 갈 수도 있으니 너무 걱정하지 마라. 만약 가더라도 나는 안 죽을 거다. 반드시 살아서 돌아올 거다. 그리고 꼭 너하고 혼인할 거다!"

"어……. 그, 그래."

화자의 혼 빠진 대답을 듣고 용칠이는 어둠 속으로 사라져 가더래. 가다가 뒤돌아서 손을 흔들었지만 어둠은 그 모습마저 삼켜버렸겠지.

용칠이가 떠난 마당에서 화자는 털썩 주저앉았단다. 혼자 집으로 돌아오는 길에 들었던 흉흉한 소문. 형산강을 가득 메웠다는 학도병들의 주검. 화자는 무서운 생각을 떨치려 고개를 흔들었대.

"아니야! 아니야! 용칠이는 안 갈 수도 있다 했잖아. 만약, 만약에 가더라도 용칠이는 꼭 살아올 거야. 머구리 옷 입고 바닷속을 걷는 아이인데. 얼마나 강한 사람인데!"

그날 밤 화자는 거의 뜬눈으로 밤을 새웠다더라.

결이 다른 마음

외할머니의 이야기를 듣는데 기분이 이상했다. 부끄럽기도 하고 가슴이 간질간질하기도 했다. 요즘은 초등학교 때부터 남자 친구와 사귀면서 30일, 100일 같은 걸 기념해 선물을 주고받는 아이들도 더러 있다. 나는 아직 그런 걸 안 해봤다. 그래서 그 마음이 어떤 건지 콕 집어 표현하지 못하겠다. 책이나 드라마 같은 걸 보면 썸 타는 이야기가 많다. 볼 때마다 내 마음도 간질간질한데 직접 경험하는 건 어떤 느낌일까? 분명 마음결이 다르겠지? 나도 언젠가 그런 마음을 경험할 때가 오겠지. 그때가 언제쯤일까?

할머니들도 젊었을 때가 있었고 당연히 결혼하고 싶은 남자가 있었겠지. 그런데 나는 그 사실이 신기하다. 지극히 당연한 일인데 말이다. 왜냐면, 외할머니는 내가 아기 때부터 할머니였으니까.

　전쟁 중에는 남자가 여자를 좋아하는 마음도 쉬운 일은 아
니었겠다. 전쟁터에 나가면 어쩌면 죽을지도 모르니 마음이
더 절박했을 수도 있었겠지. 지금으로 치면 고등학생 정도의
나이인데 결혼이라니? 옛날 사람들은 결혼도 참 빨리 했구나.
우리 외할머니도 스물네 살에 결혼하셨다니. 스물네 살이면
대학교를 갓 졸업한 나이 아닌가? 지금은 서른이 넘어야 겨우
결혼 같은 걸 생각하는데. 서른이 뭐야? 은비네 고모는 서른
도 훨씬 넘었는데도 결혼은 생각도 안 한단다. 은비네 할머니
가 볼 때마다 잔소리한다고 은비 고모는 아예 독립해서 혼자
산단다. 나는 그런 은비 고모가 멋있어 보인다.

　독립해 혼자 사는 은비 고모도 멋져 보이고, 간질간질한 마
음도 경험해 보고 싶고. 아이고! 내 마음, 나도 잘 모르겠다.

그 여름 노랑나비

경수 아저씨와 용칠이는 아버지와 함께 아침밥을 먹기 바쁘게 또 바다로 나갔어. 바깥채와 집 주변에서 북한군들은 건져 올린 무기를 닦고 손질하느라 바빴고. 점심 무렵 무기가 다 건져진 모양이었어. 경수 아저씨와 용칠이는 자기 동네로 돌아가고 아버지도 무사하게 집으로 돌아왔어.

"북한군들이 곧 떠날 모양이네요."

아버지가 할머니에게 낮은 목소리로 이야기하는 걸 듣고 내 마음이 막 바쁜 거야.

"이걸 어떻게 전해주지?"

수놓은 견장을 만지작거리며 앉았다 섰다 서성거렸어. 바깥채에 몰래 갖다놓는 것도 아니다 싶었거든.

'다른 사람이 먼저 보면 어떡해. 전쟁 중인데 어깨에 별이나

수놓는다고 흉잡히면 체면 깎일 일 아닌가.'

북한군 대장이 보이나 싶어 자꾸만 바깥채를 내다봤어.

"너는 왜 자꾸 거기서 서성대니? 무슨 볼일이라도 있니?"

엄마가 나를 발견하고 나무라듯 말했어.

"아니에요. 내가 무슨 볼일이 있다고요."

화들짝 놀라 얼버무렸어. 손에 쥐고 있는 견장이 땀으로 축축해지는 것 같았지.

여름해가 서산으로 기울 즈음 북한군 대장이 안채로 들어오는 기척이 났어.

"저기……. 실례하겠소."

아버지와 할머니가 마당으로 내려가 북한군 대장을 맞이했어.

"그동안 고마웠습니다."

대장은 허리를 굽혀 인사를 했어. 할머니가 측은한 눈빛으로 말하시는 거야.

"이제 가시오?"

"예. 신세 많이 지고 갑네다. 바깥채는 깨끗이 청소해 뒀습네다."

"조심히 가시오."

할머니가 고개를 끄덕이며 말했어. 마치 길 떠나는 아들한테 하는 말 같더구나.

북한군 대장은 다시 허리 숙여 인사를 한 뒤 바깥채로 나갔어. 나는 조심스럽게 그 뒤를 따라갔단다.

"저기요……."

바깥채를 지나 사립문을 나서던 북한군 대장이 걸음을 멈추고 뒤돌아봤어.

"이거…… 다 났어요."

북한군 대장은 별처럼 눈을 반짝이며 환하게 웃었어. 가지런한 흰 이가 참 보기 좋았지.

"이리 빨리……. 정말 곱게 잘 놓았소. 고맙소! 정말 고맙소!"

대장이 거듭 고맙다고 인사를 하는 거야. 나는 얼굴을 붉힌 채 따라 허리를 숙이며 마음속으로 인사를 했단다.

'잘 가시오. 무사히 고향 가서 꼭 부모님과 누이동생도 만나시오.'

간절한 마음으로 인사했어.

북한군 대장은 천천히 골목을 걸어갔어. 나는 사립문에 서서 뒷모습을 끝까지 지켜보다 집 안으로 들어왔단다.

"얼른 전쟁이 끝나면 좋겠다. 저렇게 가족들하고 헤어져 사람 죽이는 전쟁 같은 거 왜 해야 할까?"

마음이 깊은 물속으로 한없이 가라앉는 것 같았어. 맥없이 댓돌 위에 앉아 있는데 사립문 쪽으로 화자가 들어오는 거야.

"왜 그리 맥 놓고 앉아 있어?"

"그냥 기분이 가라앉네."

억지웃음을 띠며 대꾸했어.

"용칠이는 아까 자기 집으로 가면서 너한테 왔었니?"

"어. 잠깐 얼굴만 보고 바로 갔다. 집에서 걱정할 거라고."

"……저기, ……선예야……."

잠시 뜸을 들이며 망설이던 화자가 결심한 듯 나를 바라보는 거야. 무슨 말을 하려나 살짝 긴장해서 나는 화자 입만 바라봤지.

"용칠이가 나보고 자기한테 시집오란다."

"뭐? 시집을?"

내가 화들짝 놀라며 되물었어. 전혀 생각도 못한 말이었거든.

"전쟁 끝나면 혼인하잔다."

"너는 진짜 용칠이한테 시집가고 싶니?"

"나는 용칠이가 좋더라. 어릴 적부터. 아직 시집가는 거 생각해 본 적 없지만 만약 간다면 용칠이한테 시집가고 싶어."

아직 남자를 마음으로 생각해 본 경험이 없는 나는 화자의 지순한 마음이 낯설면서도 부러웠어.

"너, 꼭 용칠이한테 시집가라. 용칠이는 착하고 머구리 기술이 있으니까 돈도 잘 벌어 너한테 고생은 안 시킬 거다."

내가 화자 손을 꼭 잡으며 말했어.

"이제 정신 차리고 저녁 준비나 하자. 보리쌀 삶아 놓은 거 있니?"

"다 먹었지 싶다. 새로 보리방아 찧어야 될걸?"

"잘됐네. 정신 차리는 데는 일이 최고지. 너도 나도 정신이 반쯤 나간 상태니. 일 중에도 방아 찧는 일이 최고지!"

화자와 내가 함께 디딜방앗간에서 보리방아를 찧고 있을 때였어.

"누나야! 누나야!"

일수가 호들갑스레 부르며 집 안으로 들어오는 거야. 목소리가 어찌나 다급한지 가슴이 또 벌렁거리는 거야.

"또 무슨 일이고?"

놀란 가슴을 누르며 마당으로 나갔어. 안방에서 엄마도 나오고 외양간에서 소를 돌보던 할머니도 나왔어.

"왜! 무슨 일인데 그리 호들갑이니?"

내가 일수를 나무라듯 물었어.

"북한군들이 지금 화진 쪽으로 가는데 누나야, 희한한 일이 벌어졌다니까!"

"희한한 일?"

"그게 뭔데?"

할머니와 내가 되묻자 일수는 내 손을 잡고 밖으로 이끌었어.

"가봐! 가보면 안다니까."

화자와 함께 일수의 손에 이끌려 밖으로 나갔어.

저만치 마을 앞 해안 길을 따라 북쪽을 향해 줄지어 가는 북한군들의 뒷모습이 보였어. 어깨가 축 처진 패잔병들이 바다에서 건져낸 무기를 지고, 들고 묵묵히 걸어가고 있는 거야.

"누나야, 저기, 나비! 나비 안 보이나?"

화자와 나는 일수가 가리키는 손끝을 따라 북한군 쪽으로 달려갔단다.

"아!"

"엄마야!"

우리는 그 자리에 얼어붙은 듯 멈춰 섰어.

서쪽 내연산 너머로 저무는 해를 왼쪽에 두고 걸어가는 북한군들. 다친 사람과 성한 사람들이 서로 부축하며 걸어가는 그 모습이 처연하다 못해 어찌나 슬퍼보이던지! 그런데 북한군들 뒤에 노랑나비 수백 마리가

나풀,

나풀,

　　나풀,

　　　　나풀.

날아가는 거야. 북쪽을 향해가는 북한군들을 뒤따르는 노랑나비 떼.

'죽은 병사들의 영혼인가? 죽어서도 고향으로 가려는 병사들의 간절함이 노랑나비로 환생한 것이었을까?'

이상하고 신기한, 기괴하면서도 가슴 저린 풍경이었어.

"사람이 죽으면 혼이 나비가 된다더니……!"

화자가 혼잣말처럼 중얼거렸어.

'그래! 혼이라도 꼭 고향에 돌아가서 부모 형제들과 만나거라. 잘 가거라. 잘 가거라…….'

나는 간절한 마음으로 두 손을 모았단다.

여름 햇살이 내연산 너머로 차츰 사라졌어. 북쪽을 향해 가는 북한군들의 긴 행렬과 노랑나비들도 저녁노을 속으로 사라져 갔어. 화자의 눈동자에도 내 눈에도 붉은 노을이 가득 담겼어. 화자도 나도 자신도 모르게 눈물이 흐르는 거야. 뺨을 타고 흐르는 눈물도 노을에 물들어 붉게 보이더라.

화자하고 용칠이는 결혼했냐고? 그래, 그게 궁금하겠지? 고은아, 물 한 컵만 갖다줄래? 그래, 시원한 물. 아이고, 우리 고은이가 갖다주는 물은 더 시원하구나. 이제 목도 축였으니 마지막 이야기를 해야지.

9월 15일 유엔군 총사령관 맥아더는 경북 영덕군 장사 상륙 작전으로 북한군을 교란시키고 그사이에 인천 상륙 작전을 성공시켰단다. 그러니까 우리 아버지나 일수가 들은 소문은 모두 헛소문이었지. 용칠이는 국군에 징집되어 사흘 군사 훈련을 받고 장사 해안 상륙 작전에 투입되었단다. 그리고 군함 안에서 국군 지원군이 올 때까지 버티다 굶어 죽었단다. 구룡 포로 피란 갔던 우리 오빠도 군대 징집돼서 전쟁터에 갔는데 천행으로 다친 데 없이 살아 돌아왔단다. 집에 돌아온 오빠를 끌어안고 울던 우리 엄마 모습이 지금도 눈에 선해. 할머니 친구? 화자 말이니? 그 친구는 늦게까지 결혼도 안 하고 혼자 살다가 재취 자리에 시집가서 부자로 잘 살았지. 화자도 벌써 오래전에 죽었어. 아마 저세상에서 용칠이 만났을 거야. 만나서 잘 살고 있을 거야.

보고서

외할머니의 마지막 이야기는 정말 충격적이었다. 한동안 마음이 저릿저릿했다. 외할머니는 동생을 잃고, 외할머니의 친구는 사랑하는 남자 친구를 잃은 전쟁. 그 친구는 벌써 돌아가셨다지만, 평생 그 아픔을 안고 살지 않았을까? 외할머니가 죽은 동생을 아직도 잊지 못하는 것처럼. 외할머니가 그러셨다. 시간은 흐르고 남은 사람들은 또 어떻게든 살아가기 마련이라고.

전쟁은 왜 일어나고 사람들은 왜 전쟁을 하는 걸까?
전쟁을 통해 얻는 것이 무엇이든, 그 많은 사람의 죽음 위에 얻은 것에 그만한 가치가 있는 걸까?
우리는 그런 역사를 통해 무엇을 배울 수 있을까?

외할머니의 이야기를 듣는 내내 그 생각이 두서없이 떠올랐다 사라지곤 했다. 그건 내가 고민하고 있었던 전쟁의 주제이기도 했다. 외할머니가 들려준 이야기가 내 과제와 연관이 있다는 건 외할머니도 모르고 하신 거겠지. 세상일은 이렇게 나도 모르는 사이에 얽혀 있다는 걸 이번 과제를 하면서 새삼 깨달았다. 외할머니의 이야기와 내 보고서는 개인 차원의 작은 얽힘이지만 나라와 나라는 내가 상상도 할 수 없는 다른 차원의 이야기다. 내가 작성한 보고서의 요점은 이렇다.

사람들은 싫건 좋건 다양한 관계와 연결될 수밖에 없고 그 관계 속에서 살아간다. 나 혼자 잘 먹고 잘 사는 건 불가능하다.

다양한 사람들이 어울려 사는 세상은 수많은 문제가 생기겠지. 그건 당연한 일이다. 그런데 그 문제를 어떻게 푸느냐가 정말 중요한 것 같다. 문제를 대화나 민주적인 방법으로 푸는 것. 평화적으로 풀려 하지 않고 무력으로 문제를 해결하려 할수록 사회는 혼란스러워지고 사람들이 불행해질 확률은 높아지겠지. 바른 선택을 하려면 우리는 어떻게 해야 할까.

이제 이걸 서론, 본론, 결론에 맞춰 써야 된다. 물론 은비와 함께.

보고서 첫 문장은 외할머니가 들려주신 이야기로 시작할 거다. 노랑나비와 갖가지 꽃이 어우러진 아름다운 세상을 수놓는 걸로.

『그 여름 노랑나비』
창작 노트

　2022년 러시아의 우크라이나 침공으로 시작된 러-우 전면전은 뉴스를 통해 실시간으로 전 세계에 알려졌다. 날마다 텔레비전 화면을 통해 전쟁의 참상을 보면서 안타깝고 슬픈 마음을 감출 수 없었다. 그리고 우리나라 역시 6·25 전쟁을 겪었다는 게 떠올랐다.

　싸움이 개인 간의 분쟁이라면 국가 간의 분쟁은 전쟁일 거다. 무기를 겨누고 싸우는 전쟁도 있고 경제적 봉쇄나 지나친 관세를 부과하는 등, 다른 나라와 경제 문제로 경쟁하는 걸 두고 우리는 무역 전쟁이라고도 한다. 뿐만 아니라 어느 순간부터 우리는 우리 사회에서, 이 지구에서 일어나는 다양한 사건들에 전쟁이라는 용어를 아무렇지도 않게, 너무 쉽게 붙이고 있다.

전쟁의 사전적 정의는 이렇게 되어 있다.

1. 나라나 단체들 사이에서 무력을 써서 행하는 싸움
2. 일부 명사 뒤에 쓰여, 극심한 경쟁이나 혼란을 비유적으로 이르는 말

사람들은 왜 전쟁을 할까?

전쟁은 인간이 지구상에 존재하는 한 피할 수 없는 일인가?

그런 질문에 빠져 있을 때 문득 엄마가 예전에 들려줬던 이야기가 떠올랐다.

6·25 때 격전지였던 고향 마을의 이야기. 패주해 돌아가는 북한군들 뒤를 따라가는 노랑나비 이야기는 얼마나 생생한지 그 광경이 시공을 초월해 내 눈에도 선하게 그려졌다. 어쩌면 눈앞에 떠오른 환상 같기도 하고 엄마가 작위적으로 그려낸 판타지 같은 이야기였지만 그 노랑나비가 주는 문학적 상징과 은유는 참으로 명징했다.

내 기억 속 창고에 저장되어 있던 그 이야기가 러-우 전쟁을 보면서 수면 위로 떠올랐다.

'전쟁'

너무 거대 담론이라 이야기로 형상화시키기 쉽지 않은 주제였다. 지나간 역사 속의 전쟁을 이 시대를 살아가는 청소년들에게 어떻게 풀어내야 할까? 글을 쓰는 내내 나를 괴롭힌 화두였다.

사람이 죽고 상하는 전쟁 뉴스와, 천문학적인 돈을 받고 스카우트되어 가는 스포츠 선수들과, 내일의 날씨가 동시대에 화면을 통해 방송되는 걸 보고 사는 우리들. 그 각각의 뉴스는 분명 무게가 다르지만 우리는 그 모든 걸 그냥 일상화된 하나의 현상으로 뭉뚱그려 인식하고 있는 건 아닐까? 그런 인식들이 굳어지면서 우리는 전쟁이라는 무서운 일을 너무 가볍게 생각하고 있는 건 아닐까? 내가 이 이야기를 시작하게 된 건 바로 그 지점이었다.

마지막 마침표를 찍으며 '내가 쓴 이 이야기가 한 그루의 나무를 잘라낼 만한 가치가 있는 이야기일까?' 고민했지만……. 어쩌랴. 쓰는 건 나의 운명이고 이제 내 손을 떠나 세상에 나온 책은 제 나름의 운명대로 살아갈 것임을 믿을 수밖에.

원고를 꼼꼼히 살펴주신 특별한서재의 최민혜님, 책에 대한 모든 부분(편집, 디자인, 제작, 홍보 등)에 혼신을 기울여주시는 사태희 사장님께 진심 담은 감사 인사를 드린다.

새봄을 맞이하며 플비원에서, 한정기

그 여름 노랑나비

ⓒ한정기, 2024

초판 1쇄 인쇄일 | 2024년 5월 7일
초판 1쇄 발행일 | 2024년 5월 21일

지은이 | 한정기
펴낸이 | 사태희
편 집 | 최민혜
디자인 | 홍성권
마케팅 | 장민영
제 작 | 이승욱 이대성

펴낸곳 | (주)특별한서재
출판등록 | 제2018-000085호
주 소 | 08505 서울특별시 금천구 가산디지털2로 101 한라원앤원타워 B동 1503호
전 화 | 02-3273-7878
팩 스 | 0505-832-0042
e-mail | specialbooks@naver.com
ISBN | 979-11-6703-119-8 (43810)